AF607446

HABIGABEA

Paula Jiménez de Jubera

Aliar ediciones

Corrección: Inés González Calo
Diseño de cubierta: Mónica Morales
Maquetación: Aliar Ediciones

Depósito Legal: GR 1465-2025
ISBN: 979-13-87823-94-8

Impreso en España

Edita
ALIAR Ediciones
www.aliarediciones.es
info@aliarediciones.es

HABIGABEA

Paula Jiménez de Jubera

A mis padres,
a mis amigas
y a lo que tengo
tienes
tenemos
de Elaia y Lara.

Alina en esos momentos pensaba que tenía razón su padre,
que era un engaño querer correr detrás del sol,
soñarle una luz más viva en otra tierra.

Las ataduras, Carmen Martín Gaite

I

(1)

Sumergirse en agua fría contrae los vasos sanguíneos; la sangre comienza a viajar a gran velocidad cargada de oxígeno y aumenta la circulación. También estira la piel de manera que la tonifica. Sumergirse en agua caliente dilata los vasos sanguíneos; la circulación aumenta y los músculos se relajan. También abre los poros, lo que elimina toxinas. La piscina está tibia. No sé si los beneficios de las temperaturas serán sumativos o se contraponen, posiblemente lo segundo, lo que deja a mis vasos sanguíneos sin alterarse demasiado, simplemente flotando conmigo.

Es diciembre y el primer día en todo el año que vamos a la piscina. Ella nada mucho más que yo, así que después de dos o tres largos me cambio de zona y me acerco a donde los pies tocan el suelo y unos potentes chorros se ofrecen a descontracturar músculos cansados. Apenas hay gente y se respira paz además de cloro. Durante largo rato me quedo observando a una mujer mayor explicándole a otra una rutina de ejercicios de pierna, podrían ser ejercicios tanto de *aquagym* como de rehabilitación, el caso es que conoce a la perfección la rutina y con paciencia corrige una y otra vez los intentos de su compañera, aún carente de coordinación. Yo alterno la contemplación con brazadas que me activan y mantienen templada. Saber que estoy flotando me relaja, saber que mi cuerpo no tiene que aguantar su propio peso por un rato. Descansar de la fuerza de la gravedad.

Cojo aire y me zambullo para mantener la cabeza dentro el mayor tiempo posible, muevo los brazos para no elevarme, quiero aguantar abajo hasta no poder más, dentro me siento envuelta y ligera. Sin más remedio acabo dejándome elevar de nuevo, al menos hasta que se me estabilice la respiración y poder repetir. Cojo aire y trepo a la inversa la escalera de la pared para quedarme abrazada al peldaño más bajo. Esta vez no voy a aguantar demasiado, aunque quiero hacerlo hasta el límite. Entreabro los ojos y veo unas piernas que se acercan. Las espero. El cuerpo se sumerge y desde sus gafas de cristales morados me hace muecas, no puedo no reírme así que rápido subo a por aire. Su gorro es el único de silicona de toda la piscina, además de blanco. Dice que así no se moja el pelo pero igualmente al salir se lo va a lavar en las duchas. Ahora terminaremos la mañana en alguna cafetería que conozcamos por su variedad de dulces, porque a ella siempre le apetece uno. Ella es Lara. Yo Elaia.

(2)

Después del comienzo de año vuelvo a lo que quiera que sea la normalidad y la rutina. El tren se ha ofrecido amablemente a actuar como elemento transitorio que mediante paisajes cada vez menos húmedos me avisa de la escala de grises, o escala de verdes, que se esconde entre el punto A y el punto B. De donde vengo y donde habito. El avión es menos amable, más agresivo, apenas te ofrece tiempo de asimilación y no te da pistas sobre la línea que une ambos elementos y sobre las realidades intermedias que los separan. El tren te recuerda que todo es relativo porque ni siquiera compartes punto de partida ni destino con el pasajero de al lado. También te da tiempo, tiempo para pensar, tiempo por el que no te atormentas preguntándote si está siendo de provecho porque ya haces algo, te trasladas, aunque realmente lo hace el amable tren, pero eso no tiene por qué saberlo nadie. Y tú usas tu tiempo para mirar la escala de verdes de los prados y ver que el frío y la humedad han ido creando vaho en la ventana en la que acabas dibujando ese sol que últimamente no está.

Llevo años repitiendo este mismo recorrido, los cuatro años que cubren mi paso por la universidad y que terminarán en varios meses, cuando ya no haya vaho en las ventanas y el sol no haya que dibujarlo. Me conozco los paisajes, el nombre de los lugares que nunca he visto más allá del cartel de su estación, esas estaciones que no se componen de mucho más que las estructuras abiertas que amparan esos carteles, los campos ocres con vacas que se multiplican cada primavera y siempre están tan observadoras, las montañas que me recuerdan que siempre habrá algún rincón intransitado al que huir. Aunque todo eso antes me lo sabía mejor, antes volvía mucho más a *casa*. Ahora vuelvo sobre todo para eventos puntuales y no me quedo mucho tiempo, esta vez con la razón de que tengo que estudiar para los exámenes y en *casa* no me concentro tanto. Esta vez es cierto que me urge volver a la residencia. Esta vez. Siempre compro los pasajes con vuelta, ida y vuelta, esta segunda no muy postergada de la primera, si lo fuese, empezaría a dudar sobre cuál es cuál.

Hacer siempre el mismo recorrido me recuerda a los problemas del libro de matemáticas donde Juan cogía un tren del punto A al punto B en la página 42. Para nosotros ya había llegado sano y salvo cuando pasábamos a la 43, pero con los años me di cuenta de que para los profesores Juan repetía el trayecto con cada clase y cada curso. Volvía sistemáticamente a su punto de partida como si nunca hubiese salido de él. No había variabilidad en el recorrido, no se podía preguntar si al año siguiente le asignarían nuevos puntos, él debía de saber que siempre, cada año, se mantendrían. Aunque ninguno entendíamos cuáles eran esos puntos, de dónde y a dónde iba Juan, por el nombre no debía ser de muy lejos, pensábamos, pero poco más sabíamos de él, como las razones de su viaje. Tal vez él tampoco lo tenía muy claro, lo que podía provocarle cierta angustia, porque puede que él tampoco supiese si quería estar en el punto A, en el B, en alguno o si siquiera quería estar moviéndose de uno a otro. La siguiente parada es la mía.

(3)

Llevo tres horas anclada a la silla de la biblioteca sin levantar la vista. Alterno el resumen de artículos con hacer esquemas y memorizar. Me escuecen los ojos y me retumba la cabeza. No sé por qué siempre espero a este límite. Es ridículo. Soy ridícula. Me he aficionado a los chocolates calientes de la máquina del descansillo. Son baratos y bajo a por uno. También aprovecho para salir a tomar el aire. Nunca elijo café porque me altera demasiado y no podría dormir, ya tengo suficiente insomnio últimamente. No elijo descafeinado porque todo el mundo dice que podrían engañarnos y que no sea descafeinado, ¿engañarnos quién?, ¿para qué? Le doy al botón del chocolate y sale un chorro marrón con vapor que emana el humo en escena previo a un truco de magia.

De vuelta a la residencia decido que seguiré estudiando después de cenar. En mi nevera hay un trozo de cebolla y uno de jengibre. Antes de que se peleen vuelvo a las máquinas expendedoras. Estas, aparte de alternativas al café, ofrecen chocolatinas de más de diez marcas, dependiendo el nivel con el que te quieras engañar con lo saludables que son, paquetes de *ramen* que prometen verduras deshidratadas en sobres de cinco gramos y a veces frutos secos, nueces o avellanas no, un combinado que realmente no tiene frutos secos. Supongo que están como emergencia para los novatos o para los desastres que se alimentan de azúcar. Fui el primero y hoy supongo que soy el segundo. Al final repito en la máquina de café y vuelvo a mi cuarto con un no café; por si acaso alguien nos quisiese engañar con el falso truco de magia.

Miro el vasito encima de mi mesilla y me doy cuenta de que echo de menos comer. Comer de verdad, esto no es, no sé qué es; azúcar. Mi madre dice que yo cocino para subsistir y no tener hambre, me molesta, pero tampoco creo que no sea cierto. Mis platos nunca terminan de querer cohesionar. Tienen ingredientes, pero no quieren transferirse los sabores o crear uno entre ellos, simplemente son ingredientes independientes que han sido juntados y seguirán manifestando su individualidad en conjunto. Además, casi nunca tienen sal, no estoy segura de que la necesiten. Recuerdo una de las primeras noches que me quedé en el piso de Lara, hicimos alubias de puchero a la mañana siguiente. Yo me reí porque ella se iba a clase mientras yo me quedaba en el piso y lo que le pareció la mejor idea fue que hiciésemos un puchero de cuatro horas con el que me levantaba cada pocos minutos para comprobar que no se había pegado. No lo hicieron y fue la cosa más deliciosa que comí en todo el verano. El verano estaba empezando.

Vuelvo a mirar el vasito y me doy cuenta de que es el típico momento en el que empezaría a llorar. Porque ya no es como antes, porque esto no es comer, porque va a quedar un cerco en la mesilla… Pero estoy cansada y si comenzase ahora a llorar luego estaría más cansada y no podría seguir estudiando, así que abandono la idea y me restriego las yemas por los ojos hasta que me devuelvan a la realidad. Mi realidad ahora. El resumen de artículos, los esquemas y memorizar. No funciona y empiezo a apretar las cuencas de los ojos que gotean.

(4)

RECUERDO que cuando tenía cuatro años a todas las chicas de mi clase nos gustaba el rosa y queríamos ser peluqueras. A Daniela el color que más le gustaba era el azul y a mí no me gustaba ella porque no entendía las normas. Yo no me había planteado las opciones de colores, que debían de ser las que venían en la caja de rotuladores, yo había integrado el que me correspondía y era con el que más dibujaba, también a las personas, que sino tendrían que haber sido naranjas, al menos las que conocía. Me gustaba ser, por defecto, parte de algo, estar integrada sin tener que hacer nada para ello, solo estar, solo recordar los pactos mudos y en caso de que hubiese actualizaciones introducirlas lo antes posible. No entendía que Daniela pensase que podía gustarle otro color o que no quisiese ser peluquera. No me parecía bien que se saliese de un esquema que a mí se me hacía tan satisfactorio. Su actitud alteraba el orden. El curso siguiente nos juntaron con otra clase y hubo que tomar decisiones, porque aquellas compañeras nuevas no tenían ningún tipo de criterio unísono y vivían en una anarquía cromática y profesional. Venían de una realidad que nosotras desconocíamos, posiblemente Daniela no, y al menos a mí me incomodaba. Ahora tenía que buscar una nueva profesión soñada, al menos esa era la última actualización, ya casi nadie quería ser peluquera, solo las que se habían planteado en algún momento lo que eso significaba. A mí realmente nunca me había gustado enredar ni que me enredasen en el pelo, ponerle abalorios, en mi casa escondía los coleteros para que mi madre no me lo recogiese, aunque eso sí, me encantaba pasarme el cepillo a las noches repetidamente, con mucha paciencia, no dejando que se rompiese ni uno. Al terminar sentía la cabeza mucho más ligera. Y decir que quería ser peluquera, eso también lo disfruté mucho. También me dejaba la cabeza más ligera.

Con los años fui cambiando mucho mi profesión soñada, además de que fui llenando mi armario de azul. Quise ser pintora, porque iba a clases de dibujo; llegué a dominar el lápiz y el carboncillo, pero nunca llegué al pastel que era el tercer nivel. También quise ser inventora y dibujaba mis futuros inventos, se los explicaba al resto hasta que me dio miedo que los inventasen antes que yo. Quise ser veterinaria de día y pilota de noche, además de tener ocho hijos que cuidaría mi madre, esto no lo recuerdo, pero ella me lo ha repetido mucho. Quise tener un restaurante del que llegué a dibujar los planos con mesas de todas las formas. Con diecisiete años en el instituto nos dieron una charla sobre notas medias de expediente, planes curriculares y salidas con más futuro o futuros con más salidas. Fue ahí cuando no supe embudar todo lo que me pasaba por la cabeza y acabé queriendo menos y escogiendo entre la lista de grados que nos presentaron. Aunque a partir de ahí me costó visualizarme en nada, se volvió a convertir en una idea abstracta que nada tenía que ver para mí con la realidad, como lo de ser peluquera, pero dejándome la cabeza pesada y aturullada como si no me hubiese desenredado el pelo en meses.

(5)

Hacerse el muerto es, irónicamente, la manera más fácil de mantenerse a flote en el agua cuando te queda poca energía, aunque tal vez no sea irónico. La posición que menos energía requiere, que se limita a la supervivencia, que nada tiene que ver con las decididas brazadas que de manera intencionada te devuelven a la costa, deja el desenlace a merced de las corrientes. Cuando uno se limita a sobrevivir, cerrando los ojos y dejándose hacer, no sabe si será absorbido por la inmensidad o acunado hasta la templada arena que se queda pegada entre los dedos de los pies. Porque cuando uno se deja hacer, a veces poco le importa el resultado.

Cada verano Lara y yo intentábamos ir al menos dos veces a la playa, buscábamos las mejores combinaciones de autobuses y los días más sofocantes, aunque aquel verano estaba siendo realmente nublado y el ansiado agosto se camuflaba de olvidado octubre. Las semanas habían ido pasando y el cielo cubierto había ido eludiendo el tema de cumplir aquella tradición estival, así que fue la última semana del mes cuando nos decidimos a cumplirla, aunque fuese a medias. La playa estaba llena y comencé a preguntarme si el mal tiempo que tanto habíamos comentado había sido real.

Estuvimos jugando con las olas, se pueden saltar y ver sin hacer fuerza a quién le arrastra menos la corriente o se pueden resistir e intentar quedarse anclada al punto de partida, cuanto mayor sea su altura también la dificultad. Después nos alejamos a una zona menos abarrotada donde no hacíamos pie. Ella quería nadar y yo después de un par de largos solo quería mantenerme en el agua. A flote. Evadida, en paz, escuchando al mar llamándome con su nana que pronunciaba sin abrir los labios, tarareándola desde la garganta, una nana breve que repetía de manera cíclica sin hacerse nunca tediosa. Pensé en Ulises y en cómo no debió de escuchar a las sirenas sino aquella nana, porque la energía del mar te absorbe y quieres ser absorbido y dejarte hacer. Na-na. No sé cuánto tiempo pasó, allí dentro no había tiempo realmente, sucede diferente, como una vaca que pasta diez horas, pero desde otra concepción donde puede no ser suficiente para rumiar y contemplar, o para flotar y flotar. Pero alguien me tocó el brazo y la evasión se rompió bruscamente, un socorrista, me había alejado más de lo que pensaba, en verdad no estaba pensando, me preguntó si estaba bien y si podría nadar hasta la costa junto a él. Asentí, pero me hizo repetirlo con palabras, abriendo los labios, no solo desde la garganta. Desde la distancia vi que en la playa quedaba bastante menos gente que antes, cuando nos metimos a jugar con las olas, pero las cabezas que quedaban nos apuntaban, reconocí una. Volvimos a brazadas hasta la arena seca que se me metió entre los dedos, pero no estaba templada y comencé a tiritar. Divisé a Lara sobre su toalla morada con un libro abierto por la mitad en la mano, me observaba fijamente acercarme. Cada una habíamos llevado un libro y ella estaba leyendo el mío, el suyo lo había dejado reposando sobre mi toalla. Lo golpeteó con las yemas, subió el pulgar a modo de aprobación y me asintió como si el agrado por la obra hubiese sido inesperado, bajó la mirada y pasó la página.

(6)

Los exámenes han comenzado y los días son demasiado cortos, el tiempo sigue siendo relativo, como con las vacas del pasto, pero esta vez de manera contraria porque el paso de las horas es demasiado real y corre sin piedad, sin dejar ningún lugar a ese mundo paralelo de contemplaciones y mandíbulas rumiantes. Ahora las mandíbulas se tensan y rechinan. La mayoría de mi experiencia vital se basa en el estudio y es lo que mejor sé hacer. Producir ensayos que una vez leídos, si lo son, habrán cumplido su función. Tampoco creo que sea una explicación justa porque el objetivo debe de ser que en ese proceso absorba los conocimientos sobre los que redacto e investigo, pero mi mente cansada se plantea si estará asentando algo de ese *input*.

Últimamente me cuesta retener cualquier información no relacionada con los exámenes, mi madre me llamó enfadada porque olvidé el cumpleaños de mi tía, yo no sé a qué día estamos, solo sé que quedan dos noches antes del último final del primer cuatrimestre. Tampoco recordé ir a la compra porque eso lo hago los martes y no estoy segura de que esta semana haya habido. Apenas hablo con nadie, ahora mismo me cuesta llevar conversaciones, las recibo como un ruido transmisor de grandes cantidades de información que no soy capaz de procesar y que requieren de respuestas concretas que no voy a ser capaz de emitir. Me informan de fechas, cambios, planes, descripciones, opiniones y se espera que lo comprenda, procese, responda, retenga y actúe consecuentemente. De manera continua y cíclica. Con los ensayos estoy segura, la información que emiten se adapta al ritmo del receptor y se puede subrayar, categorizar visualmente y gestionar sin inmediatez, que no sin rapidez, porque insisto en que las fechas límites van a contrarreloj. O tal vez ellas solo existen y sea yo quien va a contrarreloj.

Ser estudiante es crear sin cuestionar demasiado lo que sabes que debes hacer. En este punto mi mayor virtud es la obediencia y eficacia. No pienso. Hago lo que se me pide. Como un autómata. Que redacta un telegrama. Si así lo requiere la tarea, puedo escribir veinte páginas sobre una isla de Indonesia donde reconocen cinco identidades de género. O escribir treinta sobre el desarrollo del resto de sentidos al perder uno. Sin tener por qué relacionarse con mis estudios; produzco, no cuestiono. Pueden pedirme que lleve un sombrero amarillo de papel maché que iré a por cola, diluir tres gotas de mi sangre en aceite de romero y dejarlo una noche de luna llena bajo el árbol más copado del bosque más oscuro, que pregunto la fecha de entrega. Incluso más gotas.

Vivir en una insostenible inercia en la que solo lubricas las bisagras sin preguntarte de qué es la máquina. Porque cada vez estoy más cerca de terminar y temo mirar el producto final con forma de diploma que me recuerda a los dibujos que haces de niño y no sabes si terminará con un imán en el frigorífico o en una carpeta en el desván como eufemismo del cubo de basura. Cuando de pequeña iba a algún cumpleaños en la bolera había dos opciones, jugar con o sin las barras. Las barras significaban no jugar porque la acción de acertar al frente quedaba relegada y sin saberlo te convertías en espectador de tu propia mentira. Con el diploma dejaría de haber barras y me daba cuenta de que nunca las había quitado. Todos los plenos habían sido de las barras, tú solo tienes que tener la fuerza para lanzar la bola.

He encontrado una alianza, una alianza que hasta hace poco me había prohibido, pero que ahora me acompaña y mantiene con pulso. Un truco de magia, sin humo, con el que la inercia pesa menos y ser absorbida por la inmensidad no parece para tanto, porque ante las corrientes me hace sentir que remo, que sé remar, con fuerza. *A-rraun; a-rraun.* Porque al final me he pasado al café y ahora las dudas no son las culpables de mantenerme en vilo sino esta nueva relación que tendrá que darse por vencida junto con la fecha de la última entrega. Entrega de tanto. Aunque cada vez me gusta más su sabor y compañía.

(7)

Café para templar el cuerpo en los días en los que tanto la lluvia contra la ventana como el susurro del viento llegan a la nuca habiendo sorteado la bufanda atada a doble vuelta. Este año solo encienden los radiadores generales en las primeras horas de la mañana y el peso de varias mantas resta movilidad durante el resto del día, así que el café es una atractiva solución. Soluble y con un poco de azúcar; media cucharadita de dulzor, pero sin la dedicación suficiente que daría una cafetera italiana que silba dando por finalizada su participación. Los de sobre no silban, el microondas pita cuando ha transcurrido el tiempo de servicio solicitado, pero silbar es un verbo mucho más dulce que tal vez ni siquiera necesitase de ese poco de azúcar.

También café para beber más agua, por eso la taza es larga. Y para engañar al estómago si ya no queda nada para picar, aunque él es listo y no tardará en descubrir la mentira. Café que no café, porque ahora que no me faltan horas es mejor descafeinado, porque si no el sueño se escapa y ya me he robado mucho y con el frío donde mejor se está es bajo esas mantas que de día tanto pesan. Café porque tiene antioxidantes y hay que mantenerse joven, pues aún quedan demasiados asuntos por resolver. Jóvenes bajo un insistente frío que tersa la piel a cambio de la sensibilidad en la punta de las falanges. Café porque es fácil de conseguir y con los ojos cerrados pueden ser sorbos en *casa* o en ninguna parte que es donde muchas veces parece que esté cuando los abro. Café para templar el cuerpo y que la soledad no sea tan notoria.

(8)

Cuando se acababa el café, este otro de cafetería, con máquinas que más que silbar gruñen, o ronronean fuerte, depende se mire, yo echaba a la taza lo que quedaba del sobre de azúcar, que solía ser casi todo, y veía cómo se disolvían los granos entre los posos creando una masa que podía recordar al caramelo quemado antes de solidificarse. Los granos disolviéndose. Con un aroma que nada tenía que ver con el característico del caramelo por lo que la similitud era puramente visual. Lara siempre me recordaba que aquello era una guarrada, lo recordaba cada vez, que no hiciera aquella guarrada. Posiblemente lo fuese, pero me gustaba ver esa masa alcanzando la homogeneidad, como el que cocina un bizcocho, aunque este sin horneado ni degustación posterior. Igualmente me daba la sensación de que ella esperaba que lo hiciese, que lo ansiaba, ya por costumbre, como que ella pidiese cada vez un dulce diferente en la cafetería, quería probarlos todos, menos los que llevaban café o nata; tiramisú, némesis por antonomasia. Señalaba mi acción con el dedo, aquella guarrada que le desagradaba, esperando volver a señalarla. Los granos disolviéndose. Y hasta eso lo echo de menos, esa represión que al final era hogar y ya no está, porque ahora me siento desangelada y asustada en la intimidad. Némesis por antonomasia de lo que fue refugio. Los granos disolviéndose.

(9)

RECUERDO que cuando era pequeña en el recreo recogía las margaritas del jardín y hacía con ellas un ramillete que anudaba con el tallo de la más larga. Lo guardaba en la cajonera y a la salida se lo daba a mi madre. Ella siempre me las cogía, pero me decía que tenía que dejar de hacerlo, que ya no tenía dónde ponerlas y el jardín iba a acabar quedándose vacío. Mi madre me veía recogerlas cada día, escondida cautelosamente tras unos contenedores, desde donde yo no sabía que se volvía a casa llorando por verme recoger flores mientras los otros niños jugaban entre ellos. Lo único que yo veía era que las flores que a mí me hacían tan feliz no tenían el mismo efecto en mi madre.

(10)

Hace unos días el aire empezó a perder su invisibilidad al llegar cargado de pelusas blancas que acompañan su danza hasta aterrizar entre flores y baldosas. En unas se pierde en otras germina. Pelusas que cuajan imitando sin intención la nieve que este año no ha habido y que con su llegada avisan de que ya no debe ser esperada, pues la época de los rocíos helados ha finalizado. Termina un invierno de un frío no tan visual que no menos real.

Desde que los exámenes de enero finalizaron el aire que se respira en clase es diferente. Las respiraciones han decelerado, pero son más profundas y el ambiente sigue denso, no se ha aligerado como podría suponerse, además va acompañado de miradas entrelazadas con las que nos preguntamos qué será en poco de nosotros. Hablamos lo que nunca hemos hablado y nos damos cuenta de que la mayoría apenas nos conocemos y necesitamos saber qué será de los demás ahora que nuestros caminos se separan, por curiosidad, por fraternidad, por escuchar a los más inspirados que en contraste me devuelven las ganas de decir que quiero ser peluquera. Algunos vuelven a sus ciudades y otros se mudan a otras mayores, unos con un plan más delineado, otros menos, unos con ilusión, otros con hastío y conformismo. Todos con incertidumbre. Algunos me confiesan que siempre me han visto llegando lejos, dicen *lejos* no *alto*, porque saben que siempre me ha ido bien en los exámenes y que esperaban que un día sacase de la chistera un ingenioso plan de vida que a ninguno se le hubiese ocurrido. Yo me pregunto dónde estará esta o si alguna vez la habré metido en un cajón del que no volvió a salir. Ese *lejos* de apariencia tan ambiciosa me sabe abstracto. Estas últimas semanas no abrimos las ventanas a pesar del buen tiempo, parece que queramos cerrar nuestro fuerte, atrincherarnos e inhalar exclusivamente el conjunto en masa de nuestras exhalaciones, si nos ahogamos que sea con ese aire, pero todo termina y no queremos admitir que en este espacio nos sentimos seguros, después de años anhelando la libertad y ventilación del exterior.

Algunos proponen ir a tomar algo a la salida, porque hace bueno, porque las terrazas han abierto, porque ya no estamos de exámenes, porque abandonar esas exhalaciones no es fácil. Yo no voy. A la salida camino, paseo, y me voy parando a mirar en los jardines que encuentro las flores que llegan con timidez y sin prisa. Me pregunto qué son ellas, si las raíces que las atan a la tierra, los pétalos que secará el sol y caerán con el pasar de los días, el polen que vaga y las mantiene siempre presentes en algún lugar que desconozco o el conjunto de todo. Después me pregunto qué seré yo. Cuando las guardaba en la cajonera las entendía mejor. Ahora yo me siento como esas pelusas blancas de las que desconozco a dónde van mas solo sé que vagan. Algunas se pierden, otras germinan.

(11)

Fuera está oscuro y al encender el interruptor del escritorio las superficies de la sala se cubren de las sombras de los objetos que me rodean. Clic. El reflejo de mi mano sobre la cabeza de la cama como con las sombras chinescas, pero con una mano que hace de sí misma. Clic. Oscuridad en la que nada se ve, por lo que todo se puede imaginar.

El flexo ya estaba cuando llegué a la residencia por primera vez, como la mayoría de objetos, y si no unos parecidos, copias del mismo concepto, pero sin variabilidad, no una real. Cuando pulsas su interruptor emite una luz LED blanca y fría que alcanza gran parte de la habitación, la suficiente para emitir sombras de esos mismos objetos, lo que pone en duda los límites de la realidad al crear copias de copias, siendo estas primeras, que llegaron segundas, monocromáticas y de tamaños distorsionados en comparación con las de la realidad conocida, mostrando y aceptando con integridad su carácter de copia sin pretender aparentar ser otra cosa. Reduciendo a siluetas esos objetos y encontrando su esencia en la forma, o su mentira, como en aquella cueva. Los tonos asépticos que crea la bombilla podrían recordar a un hospital hasta que te acostumbras a ellos y la falta de calidez se convierte en norma en la rutina, cromáticamente, o no solo, una luz que no irradia calor, lo que reduce su consumo a la vez que su presencia sensorial.

En las baldas iluminadas observo mi archivador y un par de manuales, también un peine y un ambientador, nada de ello tiene un largo recorrido junto a mí ni creo que vaya a tenerlo. Este tipo de objetos son transitorios, como yo para la habitación, suelen ser plásticos, lo que los hace asépticos e impenetrables a la vez que convenientes, como yo para la habitación. Su uso es práctico y necesario, pero con posibilidad de sustituirlos sin reparo. Relaciones efímeras. La habitación debe de sentir ese asepticismo conmigo, humano transitorio y de fácil sustitución, que reside de puntillas. De puntillas porque vive, pero por contrato no puede dar muestra de ello, no puede interactuar con el lugar, no visiblemente. No se le permite al arrendatario… el uso de chinchetas, grapas y similares. Tornillos herejes. El arrendatario es responsable de mantener en perfecto estado y conservación todos los elementos del inmueble. El arrendatario vivirá etéreamente y se decantará en la medida de lo posible por su desplazamiento levitativo para evitar los daños que otros métodos puedan causar, además debe evitar la realización de ruido que pueda recordar su presencia y alterar el orden no público. Un espacio por el que no pasa el tiempo y que hay que mantener inerte e inalterado, libre de chinchetas que harían demasiado ruido visual en un lugar que se ha aceptado sin marcas, siempre transitado con fechas de caducidad y sin permanencia; estar de paso; estar sin ser. Para que el siguiente arrendatario sienta que no ha habido nadie antes que él, pero el efecto real será conseguir que él tampoco sienta haber habitado. Un edificio instrumental, depósito de vivientes.

No sé a quién perteneció el flexo que estaba cuando llegué, ni la almohada, esa no me gustaba porque era demasiado alta y dura, así que compré otra y aquella la guardé en un cajón bajo la cama junto a otros objetos que no quiero ni necesito, pero tampoco me atrevo a tirar, porque ni son míos ni esta es mi casa, así que no me veo con el derecho a hacerlo, mejor los guardo para que el siguiente vuelva a decidir y así cíclicamente hasta que el cajón reviente. Esa luz fría, que invita al silencio, me acaba llevando a reflexionar sobre cómo estas copias y sombras se repiten homogéneamente, entre desconocidos con los que comparto, sin hacerlo, el mismo espacio. Y no hay nada que acentúe más la soledad que saberla compartida en la cercanía.

Y esta vida, en la que como he dicho parece que esté y no sea, no es la única vida, sino una copia, copia tenía que ser, como las sombras. Porque yo en *casa* ya tengo ambientadores, archivadores y peines, pero aquí los vuelvo a tener pero con menos esencia. Y me acabo sintiendo como una criatura bicéfala que nada comparte con su compañera o, tal vez, sea más acertado decir que me sienta mi propio *doppelgänger*. Uno malvado que salió del espejo una vez que le descubrí cuando me sonrió sin que yo lo hiciera. Un ser que me quería arrebatar la vida que había creado allí, porque yo la estaba abandonando, pero que ahora no era mi única vida y mi *doppelgänger* era yo, por lo que tenía que intentar vivir ambas, o ninguna.

Con sus mejores intenciones, mi tía me acaba de regalar un estuche entero de pinturas acrílicas, aunque yo ya tengo un arsenal en la residencia. Pero este es para que lo dejes aquí, en *casa*, y lo uses cuando vengas que sé que te relaja. Y se acumulan los objetos que tengo dobles, uno para cada alojamiento. Uno para cada Elaia. Doblándome mediante aquellas extensiones, ya que una Elaia y otra ya no es que no compartan ciudad, es que tampoco comparten amistades, cepillos de dientes, ni ropa —dos armarios semillenos que desconocen la existencia del otro— y ahora tampoco acrílicos. Vuelvo a mirar las baldas y antes de apagar el flexo me pregunto por qué tengo un ambientador si no me gustan los olores artificiales, es de vainilla, recuerdo que cuando llegué por primera vez olía a un vacío absoluto que había que cubrir, lo seguí comprando por inercia, hoy por primera vez en mucho tiempo noto su fragancia. Un olor que desde la imaginación de la oscuridad tendría un origen más propio del mundo de las sombras chinescas. Clic.

(12)

Esta noche el viento suena especialmente fuerte cuando golpea la ventana. Me hace sentir frágil. Como una rama que es zarandeada con agresividad. El sonido me penetra y me agita desde las entrañas. Me hace sentir desnuda en el frío y con los pies descalzos posados sobre una baldosa mojada. Como si fuese a desplomarme y deshacerme en tierra y polvo. Pero solo es sonido; las sensaciones son internas y mis pies siguen secos.

Cuando no estoy segura de que nada de lo que existe sea real, bajo al cuarto de la lavandería, donde poco más se puede hacer que centrifugar, y me descalzo. Es la única habitación con baldosas y me recuerda a cuando me descalzaba en la terraza de la cocina en *casa*. No sentir. No sentir más que el frío de las baldosas. Su frío real, tangible, hace que me suba por los pies un escalofrío que me devuelve a mi cuerpo y al mundo. Me devuelve, aunque sea en parte, la percepción de todo lo que había pasado a ser cuestionable. Porque hay días en los que todo parece cuestionable.

(13)

No bebo, no fumo, no me drogo, no considero que haya roto el pacto de actuar como la niña buena que me fue asignada, aunque a medida que pasan los años juego más con sus límites, porque hace tiempo que dejó de ser un traje que me permita respirar. Cada vez me alejo más de algunos de los hábitos que se entienden incluidos en el personaje, hábitos que asocio con el orden y la sumisión, por lo que silenciosamente me rebelo y voy desabrochando con discreción las capas del traje a medida que liberan mi independencia y madurez, porque yo los escojo, aunque sea en la sombra, aunque sea a costa de cierta autodestrucción. Por temporadas baso mi alimentación en café y pan. A veces también aceitunas o algo de fruta. Nada que requiera pisar la cocina. El café, aquel vicio legal socialmente aceptado que suele complementar el estilo de vida de uno, se está convirtiendo en mi sustento principal. Así que pierdo peso y energía y con ello mis ganas de cocinar, lo que lo convierte en un círculo vicioso como la cola que se muerde la pescadilla. Tampoco sé si esta supuesta transición es válida para mi libertad o simplemente malinterpreto de manera consciente y con cierta desesperación los caminos que menos me aterran para intentarlo.

Y mientras reflexiono me avergüenzo de ser consciente de tanto y acabo identificándome como la propia personificación de la decadencia. Decadencia y nada más. Como si fuese un personaje, un personaje plano de un solo rasgo definitorio que vive cubierto por esta piel de lobo que huele a carne putrefacta en el interior y me convierte en ese solo rasgo basado en el dolor del que me encargo escrupulosamente de alimentar. De ca den cia. Y es que lo hago con más personas, sin ser yo ninguna excepción para mí misma, las reduzco a un único rasgo que parezca digno de ser personificado y concreto, factual y limitado. Descubrí que hago esto porque lo vi en mis sueños, porque siempre aparece la misma persona cuando es un sueño sobre cinismo, rencor, poder... Cada concepto siempre representado por la misma persona, personas que en mi cabeza están simplificadas a un único rasgo y cada vez me cuesta más verlas más allá de él. Y en los sueños también estoy yo, factual y limitada, pero en esos casos sí que me veo más allá de mi supuesto rasgo definitorio, en ese universo soy de nuevo un personaje redondo, aunque no estoy segura siquiera de aparecer, pues nunca consigo ver mi cara.

Hay un sueño, uno que se ha repetido últimamente, en el que me mojo los pies en el mar. Chapotean discretos en la orilla, se cubren y descubren por el agua que va trayendo la corriente, cada ola que se va y los deja cubiertos de arena, viene sucedida por otra que los vuelve a dejar inmaculados mientras estén sumergidos, el proceso se repite una y otra vez y yo chapoteo mientras observo. El sol templa mi piel y la temperatura del agua es agradable, así que empiezo a acercarme más al agua atraída por su frescor, pero antes de que llegue a rozarme las pantorrillas, un sonido me frena. El graznido de una gaviota que me desubica porque me pensaba sola, así que la busco sin éxito y mi vista termina cruzándose con el sol que me deslumbra por unos instantes. Aún en búsqueda del graznador advierto en la orilla lo que parece una mesilla de noche, pero mis ojos siguen algo perdidos entre destellos, así que decido acercarme curiosa a comprobarlo y me rindo a que la arena me cubra los pies sin que le sucedan más olas para aclararlos. Es una pequeña mesilla de madera cubierta por un blanco mantel de punto y sobre este un gran frutero de barro lleno de melocotones, lleno pero sin que las piezas de fruta lleguen a tocarse. Son grandes y parecen jugosas, tiernas. Decido llevarme una a la boca y al morderla compruebo lo realmente jugosas que están, maduras, sin haber llegado a emblandecerse, pero muy dulces de lo cerca que están de hacerlo. Sigo masticando, pero después de ese primer bocado no tengo apetito, me pregunto por qué nunca vi la gaviota, y entonces bajo la mano y veo que algo se mueve en la fruta, algo sobre el hueso, es ágil, flácido, de un blancor brillante. No es uno, son numerosos y comienzan a recorrer la fruta buscando mi mano hasta que la suelto en un impulso y antes de que caiga a la arena, abro los ojos y me despierto sudada y con arcadas. Esos días son en los días en los que vuelvo nada más que al pan y al café.

(14)

RECUERDO que al subir al autobús, al entrar en clase, después de hacer sonar las campanillas que cuelgan en la puerta de las tiendas… yo saludaba. Saludaba bajito y con timidez, segura de que la mayoría de veces nadie lo llegaba a oír, aunque yo seguía haciéndolo de la misma manera. Porque ante todo me habían enseñado a ser educada y si yo era la única en escuchar el saludo me bastaba, porque sabía que había hecho lo que había que hacer y con eso era suficiente. Me reconfortaba o, más bien, me hubiese producido desasosiego no hacerlo.

Fue mi abuela quien me enseñó la importancia de ser educada; saludar y pararse a hablar con las vecinas, alto y claro para que lo escuchasen también las vecinas con las que no nos habíamos parado, pero cuando se iban, a cuchicheos y mucho más bajo para aclarar quiénes eran, por qué era importante saludarlas y un resumen de cómo había sido su vida antes de llegar a aquel barrio, que era un barrio lleno de abuelas, no tantos abuelos y pocos de cualquier otra clase, como una comunidad con unos miembros muy concretos y los que habitasen en ella sin pertenecer a esa tipología tan específica, no merecedores de saludos a voz alzada, pero siempre de susurros a volúmenes solo en apariencia discretos.

Comunicarse cuando llegábamos a casa era más sencillo porque estábamos solas y ahí me seguía hablando de los saludados, los no saludados y de los familiares de todos, pero esta vez a un único volumen. En general, cuando estábamos solas intentaba enseñarme a hacer las cosas útiles que nadie me había enseñado, así lo decía, pero al mismo tiempo que quería mitigar mis desconocimientos estos le exasperaban y acababa pidiéndome que me limitase a observar, sistema que me mantenía buena conocedora de las técnicas, pero sin ninguna habilidad para aplicarlas. Solía ser con la cocina, pero también probamos con la costura. Cuando tenía seis años un día decidió que ya era hora de saber coser, primero lo intentamos juntando telas, pero pronto pasamos a poner botones, lo que no podía ser complejo porque el propio botón determina por dónde llevar la aguja, pero me acabé pinchando y abandonamos la idea cuando vio que tampoco era algo que supiese hacer, pasaron años hasta que entendí para qué era el dedal que ella se ponía.

No creo que nunca le llegase a gustar a mi abuela, uno porque era inútil y dos porque decía que yo en el colegio aprendía una lengua sucia y le extrañaba que aquello estuviese permitido. Mi abuela era *abuela* porque no quería que le llamara *amona*, porque ella no lo era y que no le llamase así con las vecinas porque ellas sabían quién lo era y quién no, porque siempre susurraban sobre las familias, pero algunas de mis amigas tenían abuelas que eran *amona* y yo también quería usarlo, aunque fuese un poco, pero me decía que no funcionaba así y que si seguía hablando esa lengua Dios no me escucharía. Tampoco sé si me escuchaba porque cuando me quedaba a dormir en su casa y rezábamos el Padre Nuestro había una parte en la que mi abuela pasaba a mascullar y Dios la escucharía, pero yo no, así que a partir de esa parte me lo inventaba y cada vez era un poco diferente, pero hablándole siempre en su lengua para que mínimo pudiese entenderme, aunque la oración no fuese exactamente así, aunque rezase tan bajo como cuando saludaba al entrar al autobús, pero pensando que si el mascullar de mi abuela lo oía y comprendía al menos a mí también me escucharían, aunque fuese bajito. Aunque fuese siempre hablando para el cuello de camisas sin botones.

(15)

Es muy diferente darse un baño a una ducha. Con el baño puedo esconderme del mundo y huir de su peso y su ruido. Sentir que entro en una dimensión donde me siento poco más que un feto en líquido amniótico. Si abro los ojos con la cabeza sumergida, veo una luz traslúcida atravesando la masa que me envuelve, por eso prefiero cerrarlos, porque a veces no hay nada que mirar y mirar puede ser cansado. Me acuerdo de la obra de Saramago donde nadie veía pero tampoco descansaba, porque perdieron la vista, pero en vez de oscuridad les martirizaba un continuo tono lechoso, una claridad permanente que debía de irrumpirles tanto el sueño como la cordura; qué importante la cordura. Miro la blancura de mi techo preguntándome si aquel tono ficticio se parecería, y pienso, yo no podría, porque nunca nadie puede nada hasta que le toca. Y agradezco no ser un personaje de aquella obra y tener mi vista intacta, o al menos aprecio la que tengo. Y también recuerdo la obra de Plath, porque ella también habla de saber mirar el mundo y de la cordura, pero sobre todo habla de darse un baño. O al menos eso llamó mi atención. Habla de cómo un buen baño caliente lo cura todo o muchas cosas y agradezco estar en mi no líquido amniótico huyendo, huyendo un ratito, lo que el mundo me deje. Aunque, de repente, cuando los abro, cuando no me imagino haciéndolo sino que realmente lo hago, recuerdo que para mí no hay tono lechoso, no hay huida de mi peso ni aislamiento del ruido, no hay falso líquido amniótico, porque aquí no tengo bañera, la tengo en *casa*, y al cerrar los ojos ya no me acordaba. Estoy en la ducha y me mojo, claro que me mojo y me limpio, pero no es lo mismo y llevo largo rato dejando el grifo correr con la alcachofa apuntándome a la coronilla, pero apenas me acordaba porque había cerrado los ojos intentando huir sin poder, porque no puedo. Porque aquí no tengo bañera y Plath se preguntaría cómo puedo entonces paliar mis dolores o si acaso lo hago. El agua corre y como llega se escapa.

(16)

RECUERDO que en la clase de música del colegio había una norma no escrita: los días que la profesora estaba de especial buen humor, nosotros, desconocedores e indiferentes a la causa, la clase la dedicábamos a pintar y jugar en el suelo mientras sonaban de fondo canciones populares en euskera. A veces rellenábamos dibujos relacionados con las partituras, a veces hojas en blanco que cubríamos con mariposas y ríos o lo que a cada uno se le ocurriese para usar la mayor cantidad de colores posibles. Lo importante era pintar y no recuerdo que hubiese normas para hacerlo. Lo que sí que recuerdo es que se respetaban las canciones que estuviesen sonando, podíamos hablar o cantar, pero sin elevar demasiado el volumen, porque era la clase de música y esta era la que priorizaba en el ambiente impregnándonos, aún sin saberlo posiblemente impregnando también nuestros dibujos.

Recuerdo la letra de una canción que me marcó especialmente y a día de hoy me sigue viniendo a la cabeza sin saber si llegué a entender de qué hablaba o por qué pintábamos su partitura. Kattalin era una niña a la que le gustaba ir al río con los patos hasta que un día se ahogó y se convirtió en el abono de las flores que coronan su tumba, así lo decía la letra. *Ene maite Kattalin*, la niña a la que añorábamos entre ceras de colores, la canción popular que se canta con fuerza y energía, pero en la que temes meter alegría por la pobre Kattalin. Una canción que una vez empecé a escuchar dejé de saber cómo entonarla. Pero en aquel tiempo no la escuchábamos, tarareábamos y coloreábamos mariposas, la profesora estaba de buen humor y nos dejaba tumbarnos en círculo en el suelo agitando las piernas de felicidad, esos días no queríamos estar separados por sillas de mesas plegables pegadas a un lado, ese día compartíamos el suelo y a la profesora le parecía bien, a veces incluso sumaba a la entrañable escena las melodías que habíamos visto tocadas con el piano y nos animaba a cantar y acompañarla. *Sekulako ta betiko, galdu zaitut Kattalin*[1].

1 Por y para siempre, te he perdido Kattalin.

(17)

Estoy en la cama y no me puedo mover, pero no es un sueño. Quiero levantarme, pero no estoy segura siquiera de poder parpadear. No sé si lo estoy haciendo. Pongo toda —TODA— la fuerza que me es posible, toda la que tengo, en levantarme, pero no me muevo. Tengo miedo. Intento revolcarme y rodar hasta el suelo para que alguien escuche el golpe y me ayude, pero no peudo. TODA. Tengo miedo. Me concentro SOLO en mover los dedos de una mano, luego solo el nídice, toda mi fuerza en doblar ese dedo, pero no estoy segura de hacerlo. Creo que estoy despierta, pero no sé, NO es un sueño. Quiero relajar el cuerpo antes de volver a intentarlo, pero no soy capaz, solo está tenso y duele. No puedo morevlo. La ventana está abierta, la ventana NUNCA está abierta y aparece una paloma que se queda en la repisa. Me quiere picar, sé que me quiere picar, los pies, la cara, los ojos, SÉ que me quiere picar. Tengo mucho miedo. Se queda mirándome, intenta confundirme para atacar por sorpresa, mira a otras partes de la habitación, pero rápido vuelve la mirada a mí porque me quiere picar. Sabe que no me muevo, sabe que duele, sabe que no sé si tengo los ojos abiertos. Me intento agitar, agitar el cuerpo, parecer capaz, pero no me muevo NADA. No sé si lloro porque no sé si puedo. Hay mucha luz, no sabía que había mucha luz y me destello, ya no puedo ver a la paloma, solo la luz, la paloma grojea, me quiero agitar me intento atgiar, quiero ayuda no tengo más fuerza no tengo. Y para. Tengo muchísimo miedo. Me puedo mover, me recuesto y tiemblo. La ventana está cerrada. Tengo muchísimo miedo y los ojos abiertos.

(18)

Después del episodio de parálisis decido volver unos días a *casa* y cojo el tren. Esta vez no hay vaho en las ventanas. El cielo está encapotado y el sol ni lo veo ni puedo dibujarlo en los nítidos cristales. La falta de humedad ha encaminado la escala de verdes a ocres en ciertos tramos, aunque cerca de *casa* la verde sigue siendo la escala popular. Hoy las vacas son indiferentes a los vagones que invaden sus contemplaciones; nada que observar. Vuelvo por poco tiempo y aviso el día antes, el mismo día que lo decido, mis padres ni se sorprenden ni preguntan nada, no todo necesita explicaciones y no altera su rutina. No aviso a nadie más, estoy aquí, pero como si no estuviera. No vuelvo con la idea de ver a nadie, solo quiero estar entre mis cosas, entre las cosas que alguna vez me describieron y no hacen preguntas, pero a veces contienen respuestas. Los dos trabajan desde la mañana hasta la noche y aprovecho para estar en mi cuarto como si se tratase de una concha de caracol que empieza y termina donde yo lo haga. Envidio a esos moluscos que limitan su recinto, sin fisuras ni huecos en vano. La mía es más holgada y en ella nunca sé si quitarme los zapatos.

Cada vez que vuelvo reviso todos los cajones, todas las cajitas, todas las baldas, recordando que si nunca vuelvo esto será lo que quede de mí. Aquí las bombillas son cálidas y la luz que producen te da permiso para hacer agujeros en las paredes. No levito y el flexo magenta me recuerda aquella noche de desvelo en la que decidí intentar un flequillo que poco duró. Prevalece la madera. Por eso todo lo que esté debe tener un orden y un sentido, porque algo dice, si no tiene un significado lo elimino. Mi madre critica que si sigo tirando me quedaré sin recuerdos, pero lo que tiro es lo que ya no me recuerda a nada o a nada que merezca tanto espacio, porque el recuerdo no debe comerse el espacio del porvenir. En una caja de música de una bailarina tengo guardada bisutería de colores brillantes y la carta de una amiga del colegio. En esta habla de lo importante que soy para ella y todo lo que me quiere. Se mudó antes de terminar el instituto y poco más supe de ella, porque si no pregunto, si no hay nada concreto, puedo inventármelo y la idea de ella también puede ser un perfecto recuerdo. Me pruebo las pulseras hechas a mano y un anillo que cambiaba de color según el estado de ánimo, aunque el mío siempre está negro porque lo tuve varias semanas en el congelador a ver qué pasaba. Pasa que se queda sin ánimo y deja de cambiar de color. Me sorprende la cantidad de pendientes desparejos que guardo, una época los combinaba entre ellos, hasta que dejé de verle sentido. Me tumbo y me dispongo a hacerme un ovillo cuando me doy cuenta del mal molusco que soy que aún visto las suelas que han paseado por el tren. Será que sigo pensando en huir con las vacas que ya no observan. Me los quito sin desatar los cordones y esta vez sí, me envuelvo con mis propios brazos sobre la cama que lleva meses sin deshacer.

(19)

En la consulta de la médica de cabecera me doy cuenta de que nunca había pedido cita para algo parecido y no sé si sabré explicarme. Decirle qué me pasa, porque algo me pasa. Decirle de alguna manera que si no es por el frío de las baldosas ya no sé si siento, aunque, después del invierno, las baldosas dejaron de estar tan frías y tampoco ellas me dan un escalofrío que me devuelva al mundo. Y que se acerca el final de curso, que no solo de curso, de tanto, y nunca antes me había planteado si habría vida después, así que solo veo un muro contra el que estamparme que no temo porque el miedo como el frío ya no me llega. Menos con la paloma. Y que en poco llegarán los últimos exámenes y es lo único a lo que consigo responder y recordar, el resto me abruma rápido y me entran náuseas, sobre todo cuando sueño, aunque a veces no recuerde lo soñado, solo sé que ha estado por la náusea que le sigue. No estoy segura de que esto sean razones para ir al médico y yo pueda estar aquí.

Me invita con la mano a pasar y me siento en la silla que da cara a cara con ella, mientras que en la del acompañante dejo mis cosas como si fuese un hueco que hay que cubrir o mínimo ocultar. Mi momento favorito es cuando paciente y médico se sientan enfrente y este segundo teclea en el ordenador los datos del primero y no se oye nada más que esas teclas. Tic tic tic. Me imagino al médico conspirando sobre qué le pasará al paciente en esos primeros segundos. Me lo imagino apostando contra sí mismo sobre quién tiene problemas renales y quién necesita un justificante para irse un día antes de puente. Tic tic tic. Me pregunta qué me pasa, porque algo me pasa. Me parece curiosa la pregunta porque generalmente nos la hacen cuando tenemos mala cara y rompemos la norma de aparentar bienestar, cuando la rompes algo te pasa. Mi médica espera que haya roto la norma de bienestar ya por el hecho de estar yendo a verla, no necesita evaluar mi cara para tener el permiso de hacer la pregunta.

Me entran ganas de llorar porque no sé explicarme, pero lo intento igualmente para darle algún sentido a la visita. Últimamente no consigo recordar nada, olvido incluso conversaciones que acabo de mantener con aparente coherencia, pero no estaba realmente presente en ellas, no sé dónde estaba. Mis labios tiemblan. Tampoco siento ilusión por nada, tampoco angustia, realmente no sé si sigo sintiendo algo porque solo me llegaba el frío y ya no hay. Lo único que me preocupa es continuar con las entregas de clase y poder terminar este año la universidad aunque me dé contra el muro. Aunque no haya nada más allá que ese muro. Aunque diga que no siento, pero me he dejado de peinar por todo lo que se me cae el pelo y solo quiero estar en la ducha escuchando el agua correr y desaparecer entre unos pies que hace tiempo se han arrugado. Termino de hablar y me seco la cara con la manga. No se oyen más teclas.

(20)

Aguanta tres segundos más. Tal vez cuatro. Hasta que no quede ni una burbuja más para salir por la boca, por la nariz no pueden, me la tapo con el dedo corazón y el pulgar. Ojos cerrados para concentrarme en esos cuatro segundos, tal vez puedan ser un par más. No pueden. Me elevo ágil y aspiro agitada hasta que vuelvo a sentir los pulmones llenos, llenos de la humedad caliente que impregna el cuarto de baño. En *casa* hay bañera y pienso en cuánto llevaba anhelando este momento, escapar del peso y el ruido del mundo, aunque sea por un ratito.

Con un guante de lufa he exfoliado todo mi cuerpo, eliminado toda impureza, hasta que se ha enrojecido ligeramente. Ahora, con una esponja, esta vez suave, me froto hasta llenarme entera de espuma, cabeza incluida. Me sentía sucia a un nivel muy superior a la mera higiene corporal, una escala de suciedad diferente. Primero, he limpiado todo mi cuarto. Sin ello el resto del proceso carecería de sentido. He levantado cada objeto que estuviese sobre la cómoda, el escritorio, las baldas… todo lo que está fuera, todo lo que podría estar cubierto por motas, y tras pasarle un paño al objeto he desinfectado la superficie, dejando que se seque antes de depositar de nuevo el objeto. He sacudido la colcha, las mantas, los cojines… Después he barrido y fregado el suelo con vinagre y sal. Con fuerza, para que ninguna mota vacile el proceso. He encendido incienso de mirra y mientras se iba consumiendo he pasado a la siguiente fase. Me he desnudado y he echado al cesto de lavar todas las prendas que llevaba encima o con cualquiera que haya tenido contacto los últimos días, desde que comenzó el sentimiento de suciedad. El agua estancada es propicia a la aparición de bacterias y parásitos. Agua estancada agua envenenada. De manera figurativa el refrán critica el carácter inmóvil. De manera literal recuerda los peligros de beber agua que no fluye. Las circunstancias dictarán el sentido más destacable.

Vuelvo a mi cuarto envuelta en una toalla. La mirra se ha terminado de consumir. Llegado a este punto suelo sentirme algo mejor. Tras el proceso, mi cuerpo suele haber dejado de recibir los molestos zumbidos carentes de origen externo. Mi mente se aligera. Esa paz me da sueño y me tumbo sobre la cama echa un ovillo. La mirra se ha consumido y no he llegado a ver su vívido color ámbar apagarse para convertirse en las cenizas que se acumulan en el quemador. Tengo la mente ligera, despejada. Una mente en la que pensar en más sencillo. Un ovillo suave que se cierra sobre sí mismo.

(21)

Lara nunca escuchaba música, ni siquiera creo que tuviese auriculares. Me decía que las veces que había intentado ponérselos se le caían porque su oído era demasiado pequeño y se le resbalaban, su cuerpo los expulsaba. Yo no concebía ir en autobús si no encontraba mis cascos aislantes, pero ella necesitaba escuchar lo que sucediese, sentirse parte. Cómo iba a saber realmente que estaba en el autobús si no oía al niño del carro llorar mientras su madre intentaba sonarle la nariz o al hombre de pantalones de pana gritar por teléfono que la culpa de todo no era siempre suya, que las cosas no eran siempre tan sencillas. O sí.

En cambio, bailar sí que bailaba. Siempre que podía lo hacía. Iba a clases desde hacía años. Había probado de todo: salsa, tango... pero lo suyo era el *swing*. Zapatos brillantes y sonoros deslizándose por el suelo junto a otro par igual de sonoro, aunque tal vez menos brillante, que se contoneaba al estilo de los años 30. Los suyos eran morados. Donde te lideraban o liderabas; eliges un rol desde el principio y lo mantienes, ambos complementarios. Me había invitado varias veces a sus quedadas de *swing*, pero yo nunca iba. Tal vez me intimidaba la situación o tal vez fuese falta de interés, posiblemente un poco de ambas.

Excusada de mis abstenciones o no, un día paseaba por el parque y vi un evento, un grupo de personas bailando con esos zapatos brillantes y faldas contoneándose. Me quité los evasores y me acerqué. Los cuerpos se deslizaban entre ellos rápida y enérgicamente. Veía parejas que se hacían, deshacían y mezclaban, escuchaba una canción con decenas de diferentes interpretaciones corporales, cada pareja traduciendo el ritmo con un orden de pasos y movimientos, sin coreografías concretas que imitar, sino una variedad de opciones con las que inspirarse, pero, sobre todo, ejemplos con los que aprender a dejarse llevar. Tap tap tap. Piernas que se cruzan, brazos que se enlazan, troncos que giran, talones que suben y bajan, rodillas que se abren y cierran, manos tendidas que acercan y alejan… Todos unidos por unos pequeños saltos como elemento común y característico que no hacía más que aumentar el dinamismo y resaltar ese aire juguetón y desenfadado. Pensé que lo que debía de atraerle a ella eran esas vibraciones, poder seguirlas, poder entenderlas y ser parte de ellas; ser capaz de improvisar y de unirse a aquella coreografía no pautada. Me quedé sentada en un banco contemplando la escena con la distancia suficiente para sentir que creaba la falsa ilusión de que me había parado ahí por otra razón, aunque fuese evidente que no. Me quedé preguntándome por qué me seguía siendo tan ajeno si tanto sabía a estas alturas sobre aquellos pasos y dinámicas, aunque nunca desde mi traducción o interpretación corporal, yo no lo bailaba, conocía la de ella y desconocía cómo crear una. Tap tap tap.

(22)

Los días se alargan y se acerca esa fecha en la que los más valientes saltan una hoguera, ya sea para pedir un deseo o por encontrar el coraje. Esas llamas que palían la oscuridad también queman lo malo. Se baila a su alrededor recreando lo que pudimos ser. Las cenizas animadas por el aire caliente suben serpenteando el fuego para luego alejarse y poder aterrizar en aquellos seres que rodean la ceremonia, ensuciándolos en apariencia pero limpiándolos de una escala de suciedad diferente. Estas fechas siguen siendo época para el nacimiento de algunas flores. Las margaritas siguen creciendo, pero es más difícil encontrarlas, la gente las ha ido pisando, arrancando o guardando con cariño en la cajonera, aunque la temporada de cajoneras que guardan secretos ha quedado oficialmente cerrada. También la de noches en vela con los ojos secos entre artículos, al menos para mí, que repaso ese punto final de aquello que tanto tiempo he sido.

Al terminar la universidad, al contrario que en el instituto, nadie nos aguardaba con un catálogo de opciones; miento, sí, nos ofertaban más estudios, nos ofertaban seguir siendo el que escucha y entrega a cambio de calificaciones sin posibilidad de canjeo directo en el mundo factual, con suerte, calificaciones con ciertas anotaciones, tampoco canjeables. He sido muy obediente en la espera y ansia de estos, pero ahora que ha terminado el juego, las miro con indiferencia.

Hoy, en la residencia por última vez, me pregunto si las paredes recordarán mi levitativa estancia. Quiero llevarme solo lo imprescindible y limitar al máximo el número de cajas que vuelvan conmigo. Quiero ser exigente porque todo lo que llega tendrá que encontrar un lugar en su nuevo destino y no es tarea fácil, en *casa* no hay baldas vacías esperando a construir un nuevo habitáculo, sino baldas ya perfectamente llenas y cariñosamente diseñadas que ahora tendrán que competir con nuevas apariciones y sintetizar sin crear un popurrí incoherente. O puedo admitir la imposibilidad equitativa de la suma, renunciar a la balanza y apostar por uno de los cúmulos de objetos. También termino pensando que qué no es prescindible, aunque lleno las cajas igualmente, porque no me imagino un lugar para mis pertenencias en el que vayan a estar mejor que conmigo. Porque conmigo ya tienen historia y lo invisible aumenta su valor y peso en la balanza. También pienso si terminará habiendo una suma o al no encajar tendré que buscarles un nuevo hogar en mi compañía, porque es donde mejor están.

Ahora mismo todo parece transitorio y levitativo, como el polen, pero no las raíces. No sé si la vuelta en tren será mi última vez en ese recorrido, mi protagonista de trayectos por cuatro años. La mayoría de mis compañeros también están abandonando la ciudad, recogiendo y cerrando etapas, quedando aquí cada vez menos de aquello que he llegado a conocer. Si volviese, reconocería calles, edificios, tal vez algunas personas, pero la unión que he tenido a todo ello se va, empezando por la razón que me trajo aquí, ahora convertida en diploma. Si con el tiempo volviese, la ciudad y yo nos miraríamos con nostalgia, pero sabiéndonos de nuevo desconocidas, ahora sin hilo de unión y desde un nuevo tipo de relación. Y yo me sentaría en una de las terrazas, con un café, preguntándome qué me distingue de los turistas.

(23)

Fue a comienzos del verano pasado, el de las alubias y los días nublados, en concreto fue entre ambos sucesos porque recuerdo que nuestras cabezas todavía se cubrían de cian. Iba a ser la exhibición, la gran exhibición de la que llevaba meses hablando, por la que estuvimos semanas antes considerando si debía comprar betún o el brillo de sus zapatos morados ya era suficiente. Al llegar el verano como con tantos otros ciclos las clases de baile terminaron, pero no sin un punto álgido previo al desenlace final. Un lugar donde materializar para tus seres queridos aquello de lo que tanto llevas hablando, pero que poco tiene que ver con hablar porque es una interpretación o traducción corporal, no pueden oírla, deben verla para entenderla; entenderte.

Llevaba meses hablando de ello, que no preparándolo, decía, porque la improvisación era parte imprescindible de la esencia, aunque sí que practicaba pasos, practicaba sola y a veces con su pareja de baile. Nunca lo hubiese admitido, pero estaba nerviosa; la sabía nerviosa. Nunca había hecho algo así y le desconcertaban aquellos nuevos factores que diferenciaban el evento de las quedadas a las que estaba acostumbrada. Porque esta vez la improvisación existía, así lo insistió, pero no prevalecía y hasta cierto punto se esperaba algo concreto. Las canciones para cada pareja ya habían sido establecidas y en ellas se esperaba la inclusión de ciertos pasos y un mínimo de coreografía. No rotarían, no se mezclarían, se mantendrían con esa pareja determinada con la que exponer y que confía en crear un conjunto. Confía. Confiar también en el otro, en su capacidad, su coordinación, la que creáis, compartís y mostráis a ojos ajenos, sumado a dejarse llevar y fluir con el otro. Por primera vez, no todos a la vez, toda la atención puesta a una. Todos los ojos sobre tus pies o sobre donde quiera que cada uno mire en un cuerpo contoneándose, en dos, unidos, intentando parecer que piensan como uno y sienten como quién sabe cuántos.

El otro gran cambio que la alteraba o, más que cambio, factor adherido, era el público. Determinante. Un factor externo y absolutamente incontrolable. Confía. Sus padres dijeron que no iban, me confesó haberles pedido que asistieran, pero sin llegar su confidencia al punto de incluir la causa con la que respondieron que no, porque ambas sabíamos que sería excusa que no causa, para desconocimiento de ellos, y yo sabía que a ella le dolían especialmente aquellas partes de la historia que estaba elidiendo. Y le quedé yo, confirmé que asistiría, era su día; me insistió en el lugar y la hora, la aclaró sin haber yo presentado duda, describió y repitió, me miró con fuerza de esa manera que punza y penetra, sin pestañear, para verificar que la respuesta que escuchaba coincidiese con la respuesta-mirada. No pestañeé mientras pronunciaba o verificaba que sí, pero no estaba segura de cómo debía ser esa mirada que solo quería ser honesta, porque ella sabe más que yo sobre cómo hablan los ojos, los míos. A veces hubiese querido preguntarle.

Y llegó el gran día para el que al final se compró betún y en el que consiguió confiar y crear en conjunto con su pareja y dejarse llevar tanto como quería y merecía. O así lo quise imaginar porque no fui. Tal vez era vergüenza o tal vez falta de interés, tal vez no me visualizaba horas entre desconocidos en el público o tal vez no quería que a la salida me presentase a sus amigos de las quedadas, tal vez, y lo más probable, no lo pensé demasiado y simplemente no hice el esfuerzo fingiendo que aquello apenas era una decisión, apenas era mi culpa porque no estaba haciendo nada, pero es que el problema era que no estaba haciendo nada y no sé cuándo esperaba empezar a hacerlo. Me asqueó pensar que mi mirada no había debido de ser honesta cuando buscaba lo contrario; no debí de leer bien mis ojos; debí haber pestañeado. No sé qué leyó ella. Y como sus padres, no creo que tuviese más razón que excusa. Ya entonces había comenzado a descalzarme en la terraza de la cocina para sentir algo y a hacerme preguntas, pero no tanto como después lo haría, y me tapaba la cara con una manta cuando lloraba demasiado fuerte sin conocer bien, en este caso, las razones que no excusas. Y no le dije nada porque las partes que duelen a veces se eliden. Me asqueé por no ir. El evento me lo tuve que imaginar. A los días volvimos a saber la una de la otra e intentamos seguir con el verano, aunque ya no lo parecía tanto. Yo no me atreví a decir nada y ambas sabíamos que a ella no le tocaba. Y poco a poco volvimos a las dinámicas de antes con un agujero que nos acompañaba, conmigo empezó a estar también a solas y aumentaba cuando estábamos juntas. Un agujero en el que ninguna queríamos caer, pero al que a veces me entraban ganas de que ella me empujase para aliviarme de la manera más cobarde en la que seguía sin tener que hacer nada. La oscuridad del agujero no tardó en hacer reflejo y el cielo dejamos de verlo cian.

(24)

RECUERDO que me trataban desde la distancia. Presuponiendo desde mi más tierna infancia que ese lugar no me correspondía y que nada más empezase a darme cuenta de ello partiría. Pero yo aún era pequeña y no sabía nada. O sí que iba sabiendo ciertas cosas, pero aquello aún no. Yo solo sabía que me hablaban de una manera distinta al resto en la que no me incluían en las fantasías de cuando fuésemos mayores. En las que yo no aparecía como esposa o vecina de nadie, porque ya entonces me imaginaban lejos, aunque en ningún lugar concreto probablemente. De lo que yo no me daba cuenta era de que yo ya estaba lejos. Estaba contando las margaritas que crecían en el jardín de la escuela o viendo cómo encogía la tiza al frotarla contra el granito. Pero esa era mi realidad, en ella tampoco cabían ellos como mis futuros esposos o vecinos.

Y por dispersa y taciturna pasé a ser una flor delicada, a sus ojos, aquella que ves crecer en la distancia, pero no en el jardín de la escuela. Y cuidaba esa imagen porque era lo único que sabía ser. Como una muñeca de porcelana que coge polvo en la balda, aunque yo fantaseaba con ser de trapo y saltar, trotar, revolcarme en el barro un día soleado tras una noche lluviosa. Pero a la balda no llegaba el sol y me iba sintiendo pálida como la cerámica y la idea se alimentaba. Pasaba el tiempo y cada vez estaba más alejada de llegar a aprender a ser de trapo. Ya no sabía qué era yo y qué era el personaje creado. No sabía existir fuera de la actuación, era lo que me habían dicho que era, tampoco sabía quién más ni cuándo actuaba, acaso cuál era el nombre de la obra, cuándo comenzó o si tendría final.

(25)

Los sexadores de pollos disponen de cuatro segundos para categorizar un pollo como hembra o macho, las hembras se usarán como gallinas ponedoras y los machos serán triturados vivos. Destino sencillo, destino trágico e inevitable desde su incapacidad de elección. Sartre dice que el ser humano está condenado a ser el responsable de su destino y existencia, que todo son acciones, incluso la falta de ellas, que este está condenado a su libertad desde su capacidad de decisión, de pollos no recuerdo que hable. Somos arrojados al mundo, condenados a una libertad obligada, a nuestra propia suerte, lo que nos invita a la acción porque hacer o no hacer uso de ella supondrá igualmente nuestro destino, pudiendo terminar en la trituradora por nuestra propia culpa. Y esa responsabilidad ante la incertidumbre crea una angustia que es el mal que debemos sopesar si no decidimos adueñarnos y hacernos conscientemente responsables de ello. Porque desde que Nietzsche nos informó de que Dios había muerto, ya no sabes en qué creer. Aunque igualmente mi abuela decía que este no me entendía y la ausencia del ser y la imposibilidad de comunicación con él puede dar el mismo resultado. Y te invade una orfandad metafísica a la que no sabes responder y te entran ganas de ser rebaño, pollo que no sexador, que no ambas, porque te va a llegar igualmente el resultado de esa máquina con cuchillas que no entiendes, alcances o no a los botones. Y te sabes Dios imposible porque Eva ya mordió la fruta sin gusanos que no sin peligros.

Beauvoir añade que esa libertad, a pesar de otorgarnos actuar dentro de nuestra propia elección, se encarna dentro de circunstancias concretas, es decir, una libertad que cuando se realice estará situada. Libertad infinita en posibilidades finitas. Es por tanto que no hacer uso de ella y no ejercerla es para ella una falta de moral en la que decido reducirme a objeto, objeto porque no ejerzo activamente como lo haría un sujeto. Y yo sé que no soy pollo y mi tragedia es mi creación, soy mi propio sexador, aunque me atienda a la enmienda de ser fruto de mis circunstancias limitantes. Y ya no estoy en una cinta corredora entre plumíferos oprimidos y desorientados, sino en una lanzadera en la que mis circunstancias me colocan con derecho a elegir destino, dirección de lanzamiento, soy absoluta responsable de la respuesta, y mientras tensan las cuerdas me doy cuenta de que están tan tensadas que solo puedo dar la única respuesta que siempre he sabido que llegaría, ya fuese por libertad o circunstancia: lanzarme lejos.

(26)

Un país destacable en la comercialización internacional de huevos es Países Bajos. Alcanza a nivel global el 12% de las exportaciones de esos óvulos cascarados y destaca especialmente en su mercado en Europa. De media puede producir unos 9.700 millones anuales. Provenientes de millones de plumíferos de destinos predecibles decididos en menos de cuatro segundos.

Neder landen – tierras bajas. Su nombre hace referencia a su característica llanura, la cual no se limita a la falta de terrenos elevados —el punto más alto es una colina de poco más de trescientos metros—, sino también al hecho de que un cuarto de su territorio se sitúa por debajo del nivel del mar. Desde el siglo XII sus habitantes han ido desarrollando técnicas para ganar ese terreno; las aguas se encauzan mediante canales, se frenan con diques y se cruzan con puentes que se pliegan al paso de los barcos. Un control que permite la convivencia de ambas fuerzas, que considera las dificultades de la relación y toma medidas para la prevención de inundaciones. La perseverancia por conseguir mantenerse a flote sin tener que nadar. ¿Dejar que la energía del mar te absorba y dejarte hacer? Me pregunto si en aquella Atlántida esquiva a su destino natural, conocedora del manejo de la contracorriente, saber el agua tan cerca tendrá alguna especie de efecto apaciguador como el de las no sirenas que emitían aquella nana. También me gusta la idea de los canales.

En caso de no hablar neerlandés puede ser de ayuda comenzar contactando con una empresa de trabajo temporal. Igualmente, la mayoría de la población habla fluidamente inglés. En los currículos se valora la inclusión de aficiones y actividades sociales. Si se ve forzado a trabajar en situaciones peligrosas, recibe un salario desproporcionadamente bajo o trabaja jornadas excepcionalmente largas, se considera una situación de explotación. Si a ello se incluye coacción o es el resultado de tergiversación, puede tratarse de trata de personas. En ese caso deberá contactar con la policía de *Arbeidsinspectie*. Junto al coche y el tren, la bicicleta es uno de los medios de transporte más habituales, especialmente en las grandes urbes, este medio puede ser una elección divertida y respetuosa con el medio ambiente. La flor nacional es el tulipán. Tener un seguro de salud básico es obligatorio, en caso de ingresos bajos puede recibir subvenciones por parte del gobierno. En caso de verse en situación de emergencia siempre puede contactar con la embajada de su país.

Lejos es aquello que está a gran distancia. Cuanto más desconocido parece más lejano, porque es *el otro* y *el otro* da miedo como para dudar, pero en lo cercano faltan respuestas. Juan del libro de matemáticas no hacía grandes distancias, pero debía de encontrar respuestas en el tránsito y creaba de ello su identidad. Tal vez solo sabíamos que iba del punto A al punto B porque el interés en su origen y destino estaba allí, en no ser ni más ni menos que A y B, sin ubicación, siendo tierra de nadie en ninguna parte, la identidad en el propio movimiento y en la falta de ubicaciones concretas. La abstracción como un comienzo del que da menos miedo tocar la realidad factual y ubicable en el mapa, porque así llegas a ella de puntillas y podría ser esa como podría ser otra, otro punto B porque el A siempre lo has tenido. Me gusta la idea de las bicicletas.

Un pasaje de ida.

(27)

Le he escrito una hora y un lugar que no es donde solemos vernos. Sabe la idea, lo que voy a contarle, para qué hemos quedado. No está contenta. Me he ido imaginando los diferentes desarrollos que podría tener la escena, puede que ella también, aunque ella no sabe cuán calculada está. Porque un paso en falso y podría desequilibrarme y perder ese norte por el que he apostado para no hundirme, porque esta vez he cogido el timón y no puedo permitirme dejar que lo revise alguien que navega con soltura; no puedo volver a ser pasajero.

Cuando llega ya he pedido un café y estoy sentada en una mesa al lado de otra con dos señoras hablando en tono alto y riendo, acariciando la mano de la otra cuando ríen fuerte para aumentar la complicidad y que el momento sea un poco más compartido. Hay mesas vacías más apartadas. Sabe lo que estoy haciendo, sabe que no quiero crear una situación privada en la que hablar cómodamente por largo rato y donde pueda cambiar de opinión, donde pueda escuchar. Las risas de fondo, de al lado, lo impiden.

También sabe que me he sentado con un café, uno, porque ni ella se va a ofrecer a pagar el mío ni yo el suyo, distancia; y dos, porque no la voy a esperar en la entrada por muy tarde que llegue, dieciocho minutos, hoy no espero, más bien estoy sentada dentro de una cafetería con un café, acción ya en apariencia completada, su participación pasa a parecer circunstancial. Así que después de pedir, cuando se acerca a la mesa, sabe que la decisión está tomada, que me voy, que no hay diálogo abierto y que no busco discutir o que nos explayemos con el tema. Que no puedo.

En ese momento me odia. Me odia por haber creado una escena tan fría y calculada en la que parece que solo quiero que me dé una palmadita en la espalda antes de marcharme. Me odia porque actúo como si ya no me importase, porque quiero aparentar indiferencia donde es evidente que creo barreras por miedo a dudar de lo único que siento que ahora mismo puede ser un rumbo. Me odia por haberla echado de mi vida de manera tan abrupta sin querer explicarle ni el por qué. Y busca con la mirada algo a lo que agarrarse, un paquetito medio lleno, un dulcificante, pero no está. Ella ansía que haga la guarrada del sobre de azúcar para tener algo que reprimirme, pero no. Aparto del platito el sobre porque no lo voy a usar, a veces el amargor merece ser saboreado sin disminuir ni contrarrestar su acidez.

Así que sin otra salida en el escenario y viendo lo claro que lo tengo, termina accediendo a participar en el juego de la falsa cordialidad, que es barrera y nunca vuelve una vez se ha pasado, solo su poco agraciada e incómoda actuación, mecanismo de supervivencia ante la incapacidad de comunicarnos. Porque ahora mismo no sé hacerlo de otra manera y creo que lo acepta y con visible incomodidad me da ánimos con la decisión. Creo que también tiene miedo. La escena dura poco más de media hora. No hay necesidad de excusa, ninguna tiene prisa, pero eso hoy no es razón para quedarse. Nos despedimos con un largo abrazo que dice todo lo que no se ha dicho y que no forma parte de mi guion previo. Antes de soltarse me aplasta las costillas por los costados. Vuelvo a casa llorando bajo la capucha, aunque no llueve.

Bainan, honela
ez zen gehiago txoria izango[2]

2 Pero así / habría dejado de ser pájaro.

Conocidos versos de Mikel Laboa sobre un pájaro al que le quieren cortar las alas.

II

(28)

Después del vuelo espero en la estación a un autobús que llegará en cuatro horas. Son las cuatro de la madrugada y espero al primer autobús de la mañana que me llevará a la ciudad a la que he escogido direccionar las alas y ver si sabré ser algo más que polen. Una semana reservada en un hostal sucedida de signos interrogativos. Buscar piso, encontrarlo, no está siendo fácil cuando ni soy estudiante ni tengo todavía un contrato de trabajo, porque parece que vague y el que vaga no es de fiar. Al menos no lo es su compromiso como arrendatario. *Vagabundo* es un individuo que anda errante sin asentarse en ningún lugar, sin domicilio fijo. Etimológicamente también se asocia a la persona ociosa. Desde ese origen de imagen romantizada el término se aplica para llamar a los sintechos que carecen de domicilio, pero que no tienen por qué vagar. No tienen por qué usar los autobuses de la estación de autobuses. No es elección austera y espiritual, no han elegido no tener ni ayer ni hoy una puerta que proteja su ininterrumpido descanso de posibles peligros.

Y pienso en ello porque son las cuatro de la madrugada y en la estación estamos turistas, sintechos y yo. Todos vecinos de una noche. En la estación, todos mezclados, relativamente mezclados, algunos sentados intentando coger el sueño, otros menos recogidos estirados entre varios asientos con el mismo fin, otros estamos en el suelo abrazándonos las rodillas dobladas y sin siquiera buscar el descanso, por la luz, pero más probablemente por esos posibles peligros que no nos dejan atraparlo. Esos debemos de ser los transitorios, que tenemos la opción de no atrevernos a cerrar la mirada, porque ni ayer ni mañana pasaremos la noche aquí y ya bajaremos la guardia en otro momento. *Turista* es el que hace turismo, el que viaja por placer, mientras que el que erra se mueve sin hallar camino. Etimológicamente hace referencia a los británicos adinerados del siglo XVIII que comenzaron a hacer *tours*, dar la vuelta, por Europa.

Todos llevamos efectos personales a modo de equipaje. Unos los seleccionados que han usado o usarán en los días próximos con el resto de pertenencias resguardadas lejos. Otros llevan todas. Yo llevo todo lo que quiero que me acompañe en la nueva estancia que aún no tengo. Nos miro en conjunto, cada uno con su control del sueño y su equipaje, hoy nos veo mezclados, *hoy* para mí que luego marcharé en el primer autobús de la mañana para la ciudad que he escogido, consciente de las diferencias, que son las circunstancias, porque siempre lo son, pero siguen recibiendo más mi atención las similitudes que nunca las había visualizado tan de cerca. Hoy todos con sueño, mismo techo que no es de ninguno, todos queriendo sentirnos resguardados hasta que vuelva el sol a intentar paliar nuestros miedos. Aunque para algunos, el autobús, que lo cogeríamos aunque apareciese entre tinieblas.

(29)

En el colegio siempre escogía la litera de arriba cuando íbamos de excursión, pero aquí el número que me asignan es en una cama de las camas de abajo. Parece más práctico. Enfrente, otras dos literas. En los días que llevo he entendido rápido las dinámicas de cada una en la habitación; a mi derecha mochileras que rotan, las del primer día se conocían entre ellas, las que han venido después parece que no, no interactúan ni entre ellas ni con el resto; aun así llegaron a la par. En ese flanco se madruga, se prepara la mochila, se canda lo sobrante y se desaparece hasta el anochecer volviendo cansada y con ganas de apagar la luz. También se puede no candar, no dejar nada sobrante y desaparecer sin vuelta. A la izquierda no se rota, de ahí el privilegio del mayor acceso a las ventanas y a gestionar el aire y la luz que entra a la habitación. A mí me parece bien, todo me parece bien, me dedico a observar desde la cama fingiendo parecer distraída sabiendo no conseguirlo. Esa zona de acceso privilegiado la ocupan dos chicas del este que ya estaban cuando llegué y que se pasan el día juntas en la habitación jugando a cartas o con los móviles. Tienen una mesita plegable que abren dentro de la habitación o en el pasillo y sobre ella comen patatas de bolsa y bollos rellenos de mermelada. No responden si les hablas en inglés y más allá de su compañera solo hablan con un hombre que viene hacia el atardecer con más provisiones.

En ningún momento he visto que hayan salido. Y por último está la litera de en medio que es la que está más cerca del baño, puerta encajada en una pared que descubrí al tercer día que no era un armario, hasta entonces había estado usando el baño común del pasillo. En la cama de arriba una chica que siempre pregunta cómo va el día y da la bienvenida a las nuevas. No tengo muy claro cómo ha terminado en el hostal, lleva una maleta pequeña que siempre deja abierta a los pies de nuestro campamento particular, en esta veo un neceser enorme y libros que se salen. También vuelve al anochecer como las mochileras, pero no madruga.

Bajo ella yo, que confundo los días que pasan, pero los sé cada vez más cortos. El día que llegué se me olvidó qué hago aquí y cual avestruz escondí la cabeza bajo el edredón para llorar en silencio y mirar vuelos de vuelta que no quería coger. El segundo día me ardía la cabeza y me dolía todo el cuerpo, no quería moverme y en aquella cama se dormía demasiado bien. El colchón, la almohada, el edredón, aquel nido para avestruces asustados acogía y arropaba, así que me dejé absorber por sus encantos. El tercer día mi compañera de litera me dijo que tenía mala cara, solo necesitaba seguir durmiendo; insistió hasta que se fue no muy convencida. Seguía ardiendo y me preocupó que alguien se preocupase, así que bajé a por aspirinas. Es cansado saberse mal y saber que nadie va a cuidarte, y vestirse y bajar con fiebre a una farmacia en la que no sabes si os vais a entender, que solo te arrope un edredón que no sabes cuánta gente ha usado y tener que fingir que no se está cansada cuando es lo único de lo que estás segura. Ser tu única opción es muy cansado. Aprovecho que estoy en la calle para ir al supermercado. He recordado que la gente come y que por eso estamos vivos, así que compro bollos de mermelada como los de las chicas de mi izquierda, tal vez así las entienda, o ellas a mí, aunque sea un poco.

No sé cómo explicar que lo siguiente fue conocer un ángel; al mío. Ahí había estado desde que llegué, pero un avestruz asustado bajo el edredón no ve ni la mitad de lo que sucede a su alrededor. Un ángel que pasa, pero no da lugar al silencio sino que lo rompe. Al volver del paseo me encuentro con mi compañera que ha llegado antes. Me ha traído una sopa de un restaurante en un recipiente para llevar, sonrío agradecida y le digo que no hacía falta, aunque no me atrevo a enseñarle la única alternativa que traigo en la bolsa. Nos sentamos en mi cama mientras soplo el recipiente que de esperarme se ha quedado tibio, pero yo soplo porque las sopas suelen quemar y así la escena se siente más acogedora. Me pregunta cuánto llevo en la ciudad y si estoy de viaje, le voy respondiendo sin precisión e insegura de mis propias respuestas que siento pobres, menciono lo que en su momento me pareció un instinto de flujo de un agua que no quiere verse contaminada; escucha atenta y admira lo que le parece un espíritu explorador. Se ríe y me doy cuenta de que estoy rebañando con insistencia un cuenco ya vacío, así que me invita a saciar mi persistente hambre en un local de tacos que conoce en la misma calle, podemos aprovechar que tengo mejor aspecto para ir conociendo la ciudad, aunque sea un poco.

Cuando llegamos pide por ambas, porque conoce los mejores tacos, y me invita porque dice que es un regalo para que mi aventura comience por buen puerto y llegue a donde quiera. Estudia un doctorado y vino hace unos días desde Bruselas para conseguir unos libros que no encuentra en su universidad. Su tutor le recomendó la de aquí por tener gran cantidad de información sobre el tema que busca, pero por ahora no está teniendo suerte. Estaba planteándose abandonar e irse, pero esta mañana me ha visto dar vueltas en la cama con una mente más alerta que en reposo y no quería marcharse así; necesitaba saber mi historia, la historia de todo aquel que no es turista en un hostal y suele ir acompañada de una peculiar anécdota. Luego se le ocurrió lo de la sopa. Los siguientes días vuelve al cuarto a tiempo para ir a cenar juntas a la taquería y que compartamos nuestros avances. Ella está progresando en su investigación y encuentra respuestas de las que empezaba a dudar si existían, le llevan a nuevas preguntas, pero eso siempre es avance así que lo celebramos. Yo me dedico a responder a anuncios de habitaciones en alquiler y bromeamos sobre las manías que presenta cada casero, aunque por ahora todos han terminado escogiendo a otro inquilino. En el hostal no me queda mucho tiempo, solo tengo una semana reservada, pero cuando salgo a dar paseos e ir familiarizándome con las calles pienso en que a la vuelta alguien me espera, que es lo contrario a volver a cualquier lugar.

La última noche, de ambas, porque a nuestra travesía conjunta no le quedaba otra que terminar a la par, le regalo unas trufas que son mi chocolate favorito y ríe porque el suyo también. La última noche en la taquería confieso que no estoy segura de que me hubiese mantenido allí si no fuese por aquellas noches. Además, por primera vez me han invitado a ver una de las habitaciones y antes de llegar ya sabía la respuesta, porque errante o no, empezaba a ansiar camino. Ella tiene que volver a Bruselas y yo asentar a mis maletas. Ambas sentimos que la otra nos ha hecho un favor cuando es mutuo.

Al día siguiente despierto tarde y ella ya se ha ido; me ha dejado una nota volviendo a desearme suerte. Sigo sin entender qué acaba de pasar. ¿*Deus ex machina*? ¿Destino? ¿Una imagen fruto del delirio? ¿Principio de esquizofrenia?

¿Alucinación por la fiebre? ¿Un espejismo interactivo? Decido tildarla para mí misma como mi laico ángel de la guarda. Al chico de recepción le extraña que nos vayamos separadas, pero así fue como llegamos. Se llamaba Naj, me pidió que le llamase Naj, pronunciado /nas/. Naj. Ángel no levitante.

(30)

Siempre quise tener un hermano pequeño. Al que arropar, enseñarle los significados de los diferentes gritos de mamá, supervisar cuando fuésemos a meter al horno los bizcochos de yogur de limón, advertir «de noche no debes pasar por el parque, pero hoy no pasa nada porque estoy yo»; al que decirle que todo irá bien cuando no sabemos si todo irá bien, pero sabiendo que haré todo lo posible para que él vea solo lo que le corresponde ver. Y calmarle. Aunque creo que en el fondo solo quería decírmelo a mí misma, o que alguien me lo hubiese dicho, a una versión más joven, pequeña e inocente, una que se aceptaba vulnerable y que hubiese acogido cuidados y atención sin desconfianzas. El deseo del hermano también me hacía sentir menos mortal; menos volátil. Más conectada a un todo. Un algo. Todos mis pensamientos y mi manera de ver y sentir el mundo se irían conmigo si algo pasaba. Cuando algo pasase. Mis recuerdos se los llevaría la brisa, al menos los que no se hubiesen disuelto ya en charcos y hubiese arrastrado la calzada curva camino a las alcantarillas. Porque si yo tuviese un hermano, él estaría intrínsecamente unido a mí, y si yo desapareciese esa esencia sería compartida y seguiría palpitando. Nos hubiésemos esforzado o no mi hermano hipotético y yo en conocernos a fondo y perdurar el recuerdo del otro, aunque eso no hubiese pasado, parte de la esencia sería innata e inevitable.

Pero su existencia hipotética no era suficiente para rebajar mi sentimiento de volatilidad. Lo hacía más potente. Me hacía saberme sola. No era sobre sentirse sola, era sobre saberse sola, aceptarse sola y partir habiendo aceptado esa base. Lara le llamaba tener un *espíritu desangelado*.

(31)

Hay puntos precisos donde toda ciudad podría ser cualquier ciudad. Lugares que no arropan, pero tampoco intimidan porque no se hacen desconocidos siéndolo. En los que ni te encuentras ni te pierdes, pero te dan un respiro cuando necesitas estar en tierra de nadie o en la casilla de *casa* mientras las otras fichas practican el canibalismo entre ellas. Yo encuentro esta casilla en los centros comerciales y sus cadenas que no me gustan, pero conozco. Que sé cómo van a estar decoradas y cuáles van a ser sus opciones de carta. Cafeterías que preparan el té *matcha* como preparan el café porque se desprovee de ritual y significado, quedando todo en polvo verde nada más, pudiendo ser polvo marrón nada más, convirtiéndolos en lo mismo al prepararlos igual. Agua amarga para corazones destemplados. Sin sobre de azúcar.

Ahora mismo necesito estar aquí porque aquí todos somos anónimos y nadie es más extraño que otro. Los pasillos sin ventanas del centro comercial no paran de pasear a gente que o empezaba a tener frío o quería ser extraña y protegerse de la lluvia y de las fichas caníbales que no existen. Aquí dentro los restaurantes hacen hileras frente a frente con sus competidores en los que se ven enunciados en lenguas extranjeras, extranjeras porque no se busca que nadie entienda ni que signifiquen más que el polvo verde, porque la cadena es una imagen de lo que se pide, sin riesgos, sin ritual ni significado; folclore inventado. Paella con chorizo picante.

Mientras revuelvo el café, que se va enfriando recordando que podría estar en cualquier ciudad porque aquí dentro todas son iguales porque no son ninguna, recibo una llamada. Estos días he estado solicitando trabajo en sitios similares a estos, o diferentes, pero no tanto. Me llaman por un puesto en una cafetería del centro. No exactamente, preparan y sirven café, pero sobre todo sirven *bagels*, *bagels* rellenos, esos bollos con un agujero en el centro, rellenos de salado o dulce, y acompañados de un café, que no al revés, pero una cafetería al fin y al cabo. Posiblemente cadena, pero que no conozco, porque las cadenas aun y siendo cadenas se limitan a donde se buscan. Acepto al momento. En dos días empiezo la formación. Me gusta la idea, además da a la calle. Los granos disolviéndose.

(32)

El primer día que paso en mi nueva habitación lo más perceptible es el olor a humedad. Abro las ventanas, limpio todos los rincones y voy a comprar tanto un ambientador como un deshumidificador. Quiero deshacerme de ese olor antes de acostumbrarme a él. Antes de saber que no ha desaparecido, sino que he dejado de percibirlo porque he pasado a ser parte de él, parte de esa esencia en la que me niego a convertirme.

Cuando llega la noche, el deshumidificador ya está activo y en su puesto, el ambientador igual, aunque su aroma a *madera de cedro* debe de ser parte de un ejercicio intuitivo que requiere de un proceso de preparación previa, porque a mí solo me llega al acercarme como el que se acerca a oler una rosa. No sé a qué huele la madera de cedro, solo su ambientador. «Huele a chicle de menta», me dijo una vez mi prima de seis años cuando le acerqué a la nariz la hoja que decoraba un *mousse* de chocolate en un restaurante de manteles blancos relavados una y otra vez que tanta dentera me daban. Me imaginé en un bosque frondoso aspirando profundamente el primer aire de la mañana, «Huele a ambientador de *madera de cedro*». Los prejuicios que tuve aquel día sobre mi prima y su relación con la naturaleza se cancelan y sonrío con una ingenuidad que no tengo.

Me meto en la cama; ahí el olor es aún peor, mucho más intenso. Como si se hubiese recostado conmigo, me he tumbado con él en vez de haber podido huir bajo las mantas como se hace con los monstruos que no se ven, que se envalentonan con la falta de luz y se dejan repeler por el asilo en sagrado de la protección de las sábanas que todo lo cubran. Las sábanas no pueden ser las culpables, han salido hace poco de la secadora y lo habría notado, tiene que haber otro origen. Estoy cansada y el sueño me coge sin perder el runrún. Run-rún. Igualmente me desvelo a cada rato pensando en ello, intranquila, incómoda porque sé que me está invadiendo. Hasta que lo reconozco, ese preciso. No el de la humedad, no el del ambiente pesado, tampoco el del moho en las paredes que cuanto más oscuro más asusta, ni el de lluvia filtrada creando ilusiones ópticas en la pared, o en el techo a modo de planetario de hongos. No, exactamente ese mismo. Un recuerdo que no recordaba tener y que me traslada, entre desvelos, más de una década atrás.

(33)

Jeinu honek emakume eder baten itxura du gorputzaren erditik gora, eta hankak oiloarenak, ahatearenak, nahiz ahuntzarenak bezalakoak ditu. Lamiak asko atsegin du urrezko orrazi batekin bere adats ederra orraztea, erreka bazter edo urmael batean.

*

Jeinu gaizto hau begi bakarreko erraldoia da, lanbidez artzaina. Tartalo herrietako gazteak bahitu eta jan egiten ditu, hori dela eta, izua eragiten du Euskal Herriko zenbait bailaratan[3].

RECUERDO la primera vez, tal vez última, eso ya no lo recuerdo, que me quedé durante el fin de semana en la casa del pueblo de Lara. No paraba de llover, lo que limitaba bastante los planes. Un día normal se podía estar en la casa o salir al

---

3 Este conocido personaje mitológico es mitad mujer mitad animal. La parte superior de su cuerpo es de una hermosa mujer y las extremidades inferiores pueden ser como las de una gallina, un pato o una cabra. La actividad que más agrada a Lamia es peinar su larga melena, con un peine de oro, a la orilla de ríos o lagunas.

*

Este cíclope o genio maligno tiene como quehacer principal el pastoreo. Tártalo secuestra a los jóvenes del pueblo y se los come. Por lo que en muchos lugares del País Vasco se siente verdadero pavor hacia él. Adaptado de *Euskal Herriko pertsonaia mitologikoak*, K. Alijostes.

monte a explorar. La lluvia redujo las posibilidades a la mitad. Igualmente nos divertimos jugando con los gatos semicallejeros que en días como aquel tenían permiso para entrar en la casa y rascar los sofás o jugar con nosotras. A veces entre impredecibles arañazos, impredecibles para mí, pues Lara me recordaba que así era como ellos jugaban y llevarme alguna cicatriz tampoco estaba mal, de recuerdo. Ella siempre tenía alguna marca e insistía en su lema, aunque le hubiesen supurado las más profundas. También veíamos películas en inglés, que no tenían opción de subtítulos, ella iba explicándome lo que sucedía incluso antes de que sucediese, no había conexión a internet y de las decenas de películas que tenían ella siempre veía las tres mismas en bucle. Eran de humor, humor inglés, me decía. No recuerdo que me hiciesen gracia o que alguien riese en la pantalla. Su madre era del sur de Inglaterra y en la casa mantenían lo más posible la lengua y el amor por los paisajes eternamente verdes siempre sedientos de noches como aquella. Sus padres habían bajado al pueblo a cenar y cuando lo hacían debían de volver siempre bastante tarde. Había que bajar en coche porque la casa estaba algo alejada del resto, ya entrando al bosque, lo que la hacía más mágica y más aislada. Sin cobertura ni vecinos. Sin paso iluminado con jardín ilimitado. Gatos semicallejeros. Hicimos pizzas precocinadas y las metimos al horno sobre el mismo plato donde pretendíamos servirla, porque era la primera vez que lo hacíamos y no dudamos sobre que se hiciese así. Mientras esperábamos ojeamos el mueble bar y probamos a sorbos la botella de *whisky* que raspaba la garganta con cosquillas, pero no desagrado. Rellenamos lo sorbido con agua y lo agitamos como agitaba un hombre en esmoquin una coctelera en una de las películas. Luego devoramos hasta el queso que se había sobresalido hasta llegar al suelo del horno.

Fue cuando nos metimos en la cama que el olor comenzó realmente a llamar mi atención. Lo había notado en las otras zonas de la casa durante el resto del día, pero en la cama era otra cosa, como si estuviese allí encerrado; asfixiándome. Era nuevo para mí, no podía identificarlo ni suponer su causa, simplemente pensé que aquel era el olor del pueblo. O de la casa, pero del lugar. Era imposible no aspirarlo, incluso controlando las respiraciones para tratar de que fuese menos intenso. Me hacía sentir dentro del monte que aún no había visto y tumbada sobre un lecho de musgo, con la nariz metida casi hasta rozar la tierra. Sucia por un ambiente que se me estaba pegando. Hacía el aire más denso, más difícil de aspirar y procesar, dejando a los pulmones con una alta carga de trabajo y sin grandes resultados, insatisfechos y expirando de manera descompensada. Me adormilaba para despertarme bruscamente de repente, con el cuerpo tenso y sin ser del todo consciente de estar casi despierta, sintiendo que en cualquier momento unas lianas podían brotar de la sábana bajera y atraparme hasta quitarme toda movilidad y seguir apretando hasta que no hubiese espacio para que fluyese sangre dentro de mí. Me adormilaba, me atontaba sin descansar, con miedo a las lianas o a no estar siquiera en una cama, sino en el estómago de una ballena a la que no le gustaban las visitas. Una de las veces que desperté Lara me acariciaba la cara intentando tranquilizarme sin decir nada, recordándome que no había nada contra lo que luchar, ni siquiera el olor que ella hacía ya tiempo que había dejado de percibir y con el que sabía respirar aceptándose pegajosa. Fuese o no parte de su esencia.

A la mañana siguiente apenas chispeaba y la ilusión se había comido al cansancio, así que nos adentramos en el bosque o su particular jardín ilimitado. Nos inventamos conjuros y creamos montículos de piedras para que atrajesen a aquellos seres fantásticos que sí habían pasado la noche sobre un lecho de musgo. Estaba desde las rocas a los troncos y sobre la misma tierra. El musgo. Yo quería que viniese una Lamia, de cabellos eternos, pero nunca enredados gracias a su paciencia y peines de oro, tenía la esperanza de que con todo lo que había llovido no les importase alejarse del río y pudiesen encontrarnos. Lara prefería que viniese Tártalo y ver cómo devoraba pequeños herbívoros dejando rastros de terror y sangre a cada paso. Aunque admitía que en realidad no era tan terrorífico como se solía pensar. A medida que el tiempo pasaba íbamos siendo más realistas durante la espera y admitimos que lo más probable era que solo apareciesen hadas. Lara me dijo que no necesitaba nada más. El bosque, los gatos, nuestros seres mitológicos, ella y yo. Era todo lo que necesitaba y se podía quedar para siempre así en aquella casa aislada del pueblo y de todo. Ella y yo contra el mundo sin necesitar más que todo lo misterioso, lejano y desconocido que pudiésemos encontrar entre aquellas hayas que desde abajo parecían tocar el cielo. Tal vez sus padres ni siquiera se acordasen de que estábamos allí y después de cenar cogieron el coche camino de vuelta a su casa en la ciudad sin subir al bosque. Tal vez era lo mejor que nos podía pasar. Yo mientras lo pensaba me peinaba el cabello ya desenredado con el cepillo que había traído de *casa* como ofrenda para las Lamias que, aunque no fuese de oro, le tenía mucho cariño, y esperaba que sus padres sí se hubiesen acordado porque yo en mi cama respiraba mucho mejor. Luego sin decir nada la peiné a ella también que no traía ofrenda, pero sí muchos nudos que sin prisa fui deshaciendo. Antes de volver a *casa* y después de aliviarme al escuchar ronquidos desde el dormitorio grande, decidimos desinfectar los arañazos felinos del día anterior, porque es lo que hay que hacer, y los limpiamos usando una de las botellas transparentes del mueble bar que ya conocíamos. Escoció menos que ver cómo finalmente no quedaron cicatrices en nuestras pieles, de recuerdo.

(34)

Cuando viajaba con mis padres al extranjero, ¿qué extranjero?, en verdad daba igual a dónde, mi madre le intentaba hablar a todo el mundo en el francés que recordaba del colegio de monjas. Así, debías repetir la «e» así, porque tienen varios tipos de «e» y todas a la vez hacíamos /əəəə/, decía. Como es lógico en muchos lugares no entendían el francés de sus monjas, o ningún francés, pero ella insistía porque el francés era la lengua que le habían dicho hacía más de tres décadas que sería la que necesitaría en el futuro, así que la ponía en práctica. Si mi padre y yo teníamos el inglés como lengua extranjera y nos comunicábamos, ella igual, porque ella también tenía una lengua extranjera. *Café au lait, toilette, combien.* Es lo que más recuerdo que repetía. Lo curioso es que siempre era la que acababa hablando más con gente y se comunicaba perfectamente. El lenguaje universal, el *café au lait, toilette, combien*, el deseo ajeno de entender y el suyo de que la entendiesen.

En verdad su insistencia era bastante lógica. El extranjero era una especie de unidad. Nosotros y ellos. La otredad llevada a lo dual incluso en un plano lingüístico. Si ellos son extranjeros hablarán lo que yo no hablo, pero conozco y sé que existe, ergo francés. Ni siquiera hacía falta discutir que no eran franceses, era evidente y la cuestión no se trataba de eso. Si estábamos, por ejemplo, en Austria, mi padre y yo manteníamos el inglés, sin ser ellos británicos, por lo que la lengua no representaba en estos casos una identidad, como para ella no lo hacía el francés. Era la lengua universal, lo que el esperanto nunca fue, para el lamento de tantos románticos de la etimología europea y contrarios al imperialismo lingüístico, y había resultado ser el inglés como podía ser otra. Y ella, fiel a sus monjas, mantuvo que esa otredad podía manifestarse en la lengua que ya chapurreaba. Mientras tanto sus receptores siempre le daban la razón y yo dejé de pedirle que no usase *combien* la vez que fuimos a Londres, porque tras *cash or card* todos entendían.

Ahora que yo ya no soy turista, cuando no he venido a dejar dinero sino a registrarme en la seguridad social y buscar un trabajo y solicitar y conocer unos derechos, ese lenguaje universal ha dejado de funcionar para algunos de mis receptores. Mis intenciones son más infladas y mi capacidad de pago no tanto. Me entenderían mejor si yo quisiese *café au lait, toilette, combien*, pero uno siempre tiene que adaptarse a su público, receptores, extranjeros/nacionales; depende quién te toque ser y si estás en el extranjero o lo eres tú.

Así que intento aprenderme las expresiones y, sobre todo, los fonemas, los sonidos de esta para mí nueva lengua, prestándole especial atención a los que mi lengua no tiene, a los que para mí no son, sintiéndome mi madre con su falda de cuadros y camisa recién planchada repitiendo al unísono /əəəə/, esperando a bajar al recreo a abrir un rectángulo envuelto con cariño en papel Albal y deseando saber de qué sería el bocadillo, si de chorizo, chocolate o ambos. Yo no tengo monjas que me corrijan con una regla de madera, ni un recreo al que bajar, pero sí nativos con oídos insatisfechos dispuestos a hacerlo evidente. Y yo sonando a mí no distingo esos sonidos, sus sonidos, así que intento sonar diferente e imito la pronunciación de unos vídeos que nos han recomendado en clases de *Dutch* que hablan sobre noticias de actualidad, para hacer oído y mantenernos al día, aunque no las entendamos. E intento imitar los sonidos, pero acabo vencida, a veces entre lágrimas por el cansancio, por los fonemas, por las propias noticias, porque me siento intrusa o porque no puedo evitar acordarme tanto de mi madre.

(35)

«La identidad se forma en la interacción entre el yo y la sociedad. El sujeto aún tiene un núcleo interior o esencia que es el "verdadero yo", pero éste se forma o modifica en un diálogo continuo con los mundos culturales "de fuera"[4]».

Decían los interaccionistas simbólicos. Cita de una vez que me pidieron escribir un ensayo en vez de construir un sombrero de papel maché. Aparentemente más reflexivo y menos memorable; en realidad reflexiones sin punto de comparación.

Wat is jouw naam? Me llamo Elaia. *Leuk je te ontmoeten*, Elaia. Igualmente, encantada. *En hoe gaat het?* Yo bien, ¿y tú? *Goed, dank u.*

Het leven is echt niet zo ingewikkeld, Elaia. Eso ya no lo entiendo.

He empezado a ir a unas clases de *Dutch* que ofrece el gobierno para los recién llegados. En el trabajo me animaron a apuntarme. No es algo en lo que pensase demasiado antes de venir, aquí me comunico en inglés sin problema, pero al final su lengua es otra y aunque en inglés me entiendan, no

---

4 Cita del estudio *La cuestión de la identidad cultural* de S. Hall, teórico cultural y sociólogo.

son ellos, tampoco soy yo, no es identidad para ninguno y para integrarse la lengua debe ser más que un instrumento; la identidad tiene varios caminos y uno de ellos es la lengua, aunque el inglés sea útil y punto de encuentro. Lengua instrumento. No es hogar, no es nido. Punto de encuentro. Y empiezo a aprender algo de neerlandés, aunque nadie lo llame así, que en la lengua instrumento se dice *Dutch* que por sonidos me recuerda mucho más al *neerlandés* que neerlandés y prefiero llamarlo de esa otra manera, *Dutch*, además de porque por ahora aquí hablo en la lengua instrumento y todos la llaman así. Curiosamente ambas, *Dutch* e inglés, se parecen, al menos por escrito. Me dicen que se parece aún más al alemán, pero yo esas no sabría compararlas. Y depende del contexto, que es imprescindible para entender, porque siempre lo es, dejarán de ser la de identidad y la instrumento, pero aquí y ahora lo son.

Aunque entenderlo y hablarlo es complicado y no se me está dando especialmente bien y nadie habla como en las viñetas del libro que usamos en clase donde Mark dice que todo es delicioso, *lekker*, porque es educado y posiblemente algo conformista o tenga miedo de no recibir aprobación externa. Y yo no creo que llegue a hablar como ellos, más bien como Mark, y me veo como el *otro*, esa etiqueta que ya aparecía cuando fantaseaba con ser una muñeca de tela, pero tenía que conformarme con la fría porcelana. Y en este caso la otredad se manifiesta cuando voy a hablar, porque no pronuncio como ellos, así que vuelvo a saludar hablando para el cuello de mis camisas sin botones. Reafirmando ese nosotros y ellos, ellos, los otros, yo fiel a este lado como a un equipo no porque vaya a ganar sino por ser equipo.

Aunque también me alivio observando y escuchando en clase al resto de *otros* que también son etiquetados por sus fonemas, sonidos al hablar, que no son los mismos que los míos, pero tampoco son los que se esperan y también tienen que andar repitiendo cada frase por breve y contextualizada que sea. Porque no caber en el nosotros no tiene por qué ser solitario. Y me pregunto si ahora nuestra identidad es conjunta y somos la otredad y si aspiro a algo diferente o todo lo contrario, si esto es segregación o es una identidad que llevaba buscando desde que vivía en mi punto A y ahí sí que compartía sus fonemas, pero me sabía igualmente en algún punto B, porque ya entonces me imaginaban lejos, sin pensar aún en todos los problemas que pueden traer esos nuevos sonidos. Y ese lenguaje que nos une a los que estamos en esas clases que oferta el gobierno, porque para nosotros no es natural ni sistemático ni innato ni parecido entre nosotros, pero es el mismo ya por ser todo eso o, más bien, por no serlo. Y también me pregunto, si no existiésemos nosotros, acaso los que no necesitan estas clases tendrían algún tipo de identidad, sin la posibilidad de compararse con los que ven esta lengua ya partiendo de otra u otras y necesitando compararlas. Y hacer rasgo propio esa comunicación deficiente que limita lo que piensas y sientes porque yo no sabría decir todo esto pero sé decir poco más que «Tengo tres hermanos» sin tener yo ninguno. *Ik heb drie broers.* Y también me pregunto qué hacemos aquí, aunque en realidad me pregunto qué hago yo aquí, si no tenía intención de llegar a sentir esa nueva lengua como un poco identitaria, pero no sé si eso funciona así, porque no es tan sencillo crear una identidad, o más bien sumar a la existente, y menos cuando como Juan no me importaba cuando vine cuál era el punto B porque lo veía abstracto, pero ya no lo es porque es uno real y concreto. Porque tampoco es fácil no sumar lo vivido a la identidad existente. Y me doy cuenta, porque ya llevo mucho rato reflexionando y al mismo tiempo que me doy cuenta de tanto, se me carga la cabeza —*het hoofd*—, que no puedo culpar a los Países Bajos de ser mi punto B y que yo dude tanto de mi identidad individual y que haya trasladado esa crisis identitaria a ver aquí y ahora dualidad, cuando en una sociedad globalizada y transnacional hacer eso sería simplificar demasiado, el nosotros y ellos, *los que van conmigo a clase* y *los que no las necesitan*; tampoco necesitan a Mark. Y tal vez no pase nada porque por ahora no pronuncie sus fonemas, sus sonidos, que incluyen muchas vocales, y por ahora pronuncie sus palabras con mi propio repertorio de fonemas. Los de mi lengua materna. En la que me cantaba mi madre sin entonar nunca en /əəəə/.

(36)

Ocho días de un cielo encapotado que guarda el secreto de si el sol volverá. Ciudad fiel a la escala de tonos grises que tristes. Ciudadanos sin poder hacer la fotosíntesis a falta de clorofila. Trenes mágicos aparecen por raíles que no se ven. Ciudad sin luz, soñolienta. Eterna primera hora de mañanas que no llegan. Nublado que nuboso. Nunca transparente, translúcido. Mente nublada que nubosa. No se distingue lo visto de lo imaginado. Opacidad externa interiorizada. Cristales empañados a falta de algo que mostrar. Botas que chapotean charcos que se saben sucios. Las bocas solo dicen «vaho». Siempre es de noche y el tiempo corre lento. La piel es secreta y el sueño prolongado. Sin flores que mirar.

(37)

Me llaman y me avisan de que la hermana de mi padre ha fallecido. Pregunto si debería volver para el funeral y me dicen que no, que sería mucho lío. Miro los vuelos y en tres días sale uno desde Rotterdam. Cogería el tren, el autobús al aeropuerto, el avión, allí alguien tendría que ir a recogerme en coche para unas dos horas de trayecto hasta *casa*. Realmente sería un lío. No nos veíamos demasiado, aunque nos guardábamos cariño. La veía una vez al año en una comida familiar en la que antes de salir de casa siempre repasaba la lista de nombres y parentescos de los asistentes. Sin embargo sé que antes la veíamos más, aunque yo no lo recuerde. Me repiten mucho una anécdota que ella solía contar de una vez que se quedó en casa a cuidarme mientras mis padres se iban de fin de semana a la casa rural de unos amigos. Mi madre nos dejó en el frigorífico unos filetes que podíamos comer con patatas, pero yo insistí en que si había invitados en casa debía ser fiesta y en las fiestas se pide pizza. Así lo hicimos. Luego encontramos en la televisión una película de dibujos animados que dejamos de fondo sin prestarle atención y hablamos de peces, parques de atracciones y lo importante que es pintar. Así lo cuenta. Me quedé dormida en el sofá y tuvo que llevarme a la cama. No es una gran anécdota en el sentido de que no pasa nada inesperado o curioso, pero ella solía repetirla en la anual comida familiar, siempre con mucho cariño y nostalgia; eso sí que lo recuerdo. Vuelvo a mirar el vuelo. Vuelvo a llamar a mi madre y me repite que lo siente, pero que sería mucho lío. Cuelgo y me hago una bola en la cama, una bola hecha un nudo que comienza en mis tripas. No sé qué hacer y le escribo a un compañero de trabajo que suele preguntar por mí, porque no quiero estar sola ni seguir entre estas paredes. Cenamos, paseamos y nos separamos en el punto en el que nos hemos encontrado hace un par de horas. Me dice que parezco ausente y no le digo nada. No quiero que nadie sepa nada. Aquí nadie sabe nada. Aquí es menos real.

Al día siguiente me llama el hermano de mi padre, quiere saber cómo lo llevo y si llego al funeral; es en un par de horas. Le explico que era mucho lío y lo comprende. Hablamos un rato, hace mucho que no hablábamos e igualmente fluye sin problema, aunque nada más colgar ya no recuerdo bien de qué hablábamos. Alejo el teléfono y me vuelvo a hacer una bola en la cama. Pienso en el funeral y en cómo estarán todos juntos y en cómo yo debería estar repasando la lista de nombres y parentescos de los asistentes y sin embargo estoy lejos en un lugar en el que nadie sabe lo que ha pasado. En el que nadie más tiene este nudo en el estómago. Nunca volveré a escuchar la anécdota de conversaciones sobre peces, parques de atracciones y pintura, no a través de nadie a quien le transmitiese esa nostalgia. Me pregunto cómo se habrá vestido cada uno para el funeral, porque la gente ya no va de negro, algunos sí, pero la mayoría no, y yo nunca sé cómo se debe ir a estas cosas. Tampoco sé quién debe darle el pésame a quién ni qué sentimientos se permiten en estos eventos, porque no he ido a ningún funeral desde que tengo memoria y no sabría cómo comportarme. Tampoco voy a este, no estoy compartiendo el luto porque aquí no es real y allí todos llorarán o reirán o sentirán entre ellos, pero entre ellos. Lo mío no es un luto porque es secreto y no es comprendido. Empiezo a llorar. Lloro durante horas y me duelen los brazos de agarrarme las piernas para hacerme una bola lo más compacta posible. A la noche llamo a mi madre y le pregunto cómo ha ido todo y cómo vestía la gente y de qué hablaban. Después de colgar, vuelvo a preguntarme si hubiese sido tanto lío.

(38)

La lluvia que cae durante todo el año tiene su recompensa, a cambio de días cortos y mojados da una naturaleza que crece sin desorden no lejos de las ciudades, a la que puede llegarse en los trenes de raíles que en días iluminados te cercioras de que existen y ahora que lo ves miras su línea preguntándote si acabará en alguna parte. Chucu chucu chucu. Pi pi. Naturaleza de pájaros que la habitan y tú que la observas, pero también te sabes partícipe de la escena más allá de la mirada. Aunque sea un día de no más de catorce grados, el sol saluda y le respondo desnudándome los brazos que ahora saben que la luz puede ser cálida.

Cuando vuelvo a casa ya está anocheciendo, esa hora limítrofe donde los gatos comienzan a ser parduzcos, pero todavía esperas que maúllen. Aunque no es un maullido lo que me para junto a los contenedores de mi recinto, es un sonido ronco y sutil, intenso, pero corto que solo se escucha cuando prestas atención y dejas de pensar en maullidos, aunque no encuentro su origen. Dejo de oírlo y me quedo mirando la superficie del contenedor. Las rosas amarillas simbolizan energía y armonía, son mucho menos habituales de regalar o comprar que las de color rojo o por defecto rosa. Rosas rosas. Pero la que veo coronando el contenedor es amarilla y llama mi atención tanto por ser tan poco habitual como por el lugar donde ha terminado. Es perfecta, de abundantes pétalos tersos que temo que en unas horas tengan sed, así que meto el tallo en mi bolso y la cabeza queda fuera saludando como el sol de esta mañana.

El sonido, que no había olvidado, solo evadido, vuelve. Ronco y sutil, intenso y corto. Guú guú guú. Encuentro la escena detrás del contenedor, entre este y la pared. Una paloma muerta a la que le comen los ojos moscas verdes, revoloteando y chocándose continuamente unas con otras para conseguir algo de espacio en el que poder acercar sus trompas y absorber hasta llegar a la cuenca. Moscas de un verde brillante lentejuela que solo había visto en ocasiones similares sobre cuerpos sin vida, como si aquel tono extravagante solo pudiese alimentarse de algo tan excéntrico como aquel jugo tan específico. Aquel que al desaparecer marca la diferencia entre un rostro y un cadáver. Ellas, pregoneras de la parca, nunca son mensajeras de buenos augurios.

A su lado otra paloma. Esta aún se mueve y parece querer reivindicar su derecho a no ser identificada como un cadáver y mantener su jugo ocular intacto mientras siga respirando. Guú guú guú. Se mantiene de costado en la acera sin parecer capaz de cambiar de posición. La cabeza es lo que más parece poder mover, gesto que consigue mantener a las reflectantes aladas absteniéndose de atacar por el momento. En una de las patas le quedan dos dedos y la otra es meramente un muñón. Si te fijas es habitual, porque las ciudades están llenas de pinchos y verjas en lugares en los que ellas tienden a posarse, pero para verlos, los muñones, hay que fijarse en ellas. Hacerlas merecedoras de la mirada. Cuando viajo me gusta fijarme en las patas de las palomas para hacerme una idea de la cantidad de mutiladas, para poder tener así algún medidor de la gentileza de la ciudad, su nivel de civismo, pensando que es una manera transparente y libre de decoraciones que indica cómo probablemente trata esta también a sus ciudadanos, sin alteraciones de forma, eufemismos, símbolos teóricos de tolerancia con objetivos comerciales ni excusas para tapar prejuicios llevados a la práctica, porque con las palomas la ciudad puede ser descarada. Esta ciudad no está escasa de mutilaciones. La plumosa me mira, a mí, observadora que no partícipe de la escena preguntándome si soy más allá de mi capacidad de ver. Me mira con ojos tristísimos de persona y yo le respondo llevándola a casa sobre el cartón que parece más limpio. Llegar a casa con pétalos y plumas.

(39)

Presentación presupuesto para colocación antipalomas.
Se informa a todos los propietarios que, a petición del presidente, se han solicitado PRESUPUESTOS para la colocación de antipalomas en la comunidad.
Debido a que el saldo que hay actualmente en la cuenta es suficiente, no será necesario realizar derrama alguna.
Presupuesto:
2.380€ + 10% IVA
Zona de actuación: en todos los canalones de los patios interiores y en dos zonas del tejado donde se posan habitualmente.
Se colocarán pinchos antipalomas con púas y base de acero inoxidable de alta resistencia que aumenta la durabilidad en el tiempo.

RECUERDO cogerla de su buzón y leerle aquella carta a mi abuela, porque ella sabía leer, claro que sabía, me lo repetía mucho cuando recibía alguna carta o yo ojeaba alguna de las revistas basadas en imágenes de famosos que decoraban su mesita del salón, pero le costaba, por la vista, porque con la vista ahora le costaba leer y hacía tiempo que tampoco podía coser y me recordaba que yo tampoco podía coser, pero por razones muy diferentes. Y también empezaba a costarle mantenerse en pie y el andador le parecía humillante, se negaba a usarlo, le ofendía tenerlo, el bastón lo aceptaba más pero este evitaba menos caídas, solo algunas, las que sucedían cuando había cerca algo a lo que agarrarse. Y me decía que en la escuela fue donde les enseñaron a leer y me contaba con orgullo que pudo ir de los seis a los doce años hasta que se marchó a trabajar para servir en la casa de unos señores que la trataban como su hija, porque ella tenía edad de seguir apareciendo en los enlaces familiares como hija, además de seguir necesitando una familia cerca. También sabía escribir, me decía, pero esto lo hacía siempre estando sola, como coger el andador, porque ella escribía con la izquierda y era un secreto que todos sabíamos y cuando yo de niña, enlace de nieta, le decía que había puesto de nuevo los cubiertos al revés, cuchillo y tenedor, ella tiraba las servilletas al suelo y me odiaba con la mirada, pero yo aún no sabía el secreto que todos sabían porque para mí aún lo era, y me odiaba sin yo entender que las servilletas a la izquierda y los andadores no se mencionan porque se pueden sentir humillantes sin tener por qué serlo si dejasen de ser secretos.

A veces me contaba sobre aquellos años en los que aprendió a leer, porque empezaba a recordarlos mejor que los años próximos. Y me decía cómo iba a la escuela con la pizarra, el lápiz y la cartilla. También tenía un catecismo y se lo sabía de memoria, ahora ni se lo sabía ni sabía dónde estaba, me decía. He ido mucho a misa, hija. También llevaba un trapo grande y hacían el abecedario a punto de cruz. Las más listas, que iban todos los días, a veces bordaban dibujos. Pero casi nadie iba todos los días y por eso todos leíamos mal. No te exigían el graduado, lo hacía el que podía. Ella iba menos, porque era la mayor de siete hermanos y había que cuidar de las ovejas. Hasta que dejó de ir porque tuvo que empezar a trabajar de criada en el pueblo de los chorizos y hasta casarse siempre estuvo de criada en alguna casa. El pueblo de los chorizos estaba a unos doce kilómetros de su *casa* y fue en burra. Cuando había que moverse se hacía en burra. Y el día que tuvo que mudarse se agarraba a las mangas del abuelo y lloraba, me dijo que me daría una leche, porque el abuelo pegaba, y lo que al final me dieron fueron unos zapatos nuevos; todavía los puedo ver. Me decía. Era un pueblo feo en el que mataban cerdos negros para venderlos en el mercado del domingo al que la gente iba desde otros pueblos en burra. En la casa limpiaba, hacía la comida, planchaba, paseaba a los chiquillos, cosía… He hecho de todo, hija. Encerábamos el suelo y luego le sacábamos brillo dándole con el pie. Con los años se mudó una segunda vez, esta vez más lejos, esta vez no en burra, fueron varios los hermanos que se mudaron porque uno había empezado allí a trabajar en una fábrica y decía que había futuro, fue a trabajar a una nueva casa que está a unas calles de donde yo le leía la carta sobre que no hacía falta realizar derrama para los antipalomas. Porque aquí había muchas fábricas, una de tintes que de ahí sacaban los paños. Yo he hecho de todo, hija. Las fábricas las quitaron hace ya mucho. Ahora ya no queda nada. Me decía.

(40)

Doy vueltas en la cama hasta que de un escalofrío al que le sigue un brinco decido que estoy despierta. La ventana está cerrada y la cortina que no es del todo opaca deja pasar una luz tenue con la que se distingue lo que hay en la habitación y se sabe que aún no ha amanecido. Estiro los brazos; me desperezo y el cuello cruje.

En el suelo, sobre una caja llena de periódicos hechos tiras, la plumosa emite un breve gorjeo para recordarme que sigue ahí, aunque no lo había olvidado. La plumosa nunca me picaría, porque está enferma y porque no tiene ninguna razón para hacerlo y seguramente cosas mejores en las que pensar. Ayer en el trabajo dije que me encontraba mal y hoy diré que no he mejorado, ni siquiera recuerdo haber inventado alguna enfermedad porque no la han preguntado, solo que comunique mi evolución. La plumosa en cambio sí que lo está, aunque la veo mejor que ayer, tal vez sea porque la falta de luz es generosa y un poco embustera o tal vez podamos fiarnos.

Ayer pasamos el día en casa tras una noche de poco sueño y todavía algo de miedo a la invitada, no escondo que esa noche la caja tenía la tapa puesta, llena de agujeros hechos con un lápiz; un miedo racionalizado donde cabe. Tenía las plumas algo revueltas y la cara cubierta de legañas que le limpié con un paño húmedo. Guú. Ya no estaba apoyada sobre su costado y buscaba una postura más cómoda entre lo mullido. También hubo intentos fuera de la caja de dar algún paso, pero desistió rápido y se acomodó sobre sí misma dejándose extender con las patas ocultas, como cuando hace sol y se posan sobre una superficie fresca, al menos pensé que se sabía segura como para no mantener una posición de alerta, o desistió indiferente al porvenir. Supongo que deberíamos ir a un veterinario, que lo busco y se dice *dierenarts*, para que nos diga qué le pasa o me dé alguna idea de cómo proceder. La rosa es más sencilla y está en una botella con agua.

La animo a comer pan mojado, que me ha parecido la mejor opción, y tiene el detalle de probarlo a pequeños bocados. Guú. Una vez cuando era pequeña encontré un gato recién nacido al que aún le colgaba el cordón umbilical; también estaba junto a un contenedor. Cuando las madres tienen numerosas crías es habitual que le presten especial atención a las que mayor capacidad muestran para sobrevivir, pueden llegar a abandonar a las más pequeñas y débiles, o a alguna que padezca de hipotermia y a la que podría costarle salir adelante o no llegar a hacerlo. Con los años pienso que lo más probable es que no fuese la madre quien lo dejó ahí. Yo lo llevé a casa mientras me carcomía pensar quién era yo para ignorar y silenciar el instinto de un mamífero adulto que había decidido instintivamente que esa era la mejor opción, pero me pudo la pena y mi propio instinto que no sabía si esa criatura tendría que luchar cada día por seguir existiendo desde el sufrimiento o solo necesitaba un poco de ayuda en su primera fase vital de indefensión. En casa lo alimentamos con leche desnatada disuelta en agua con una jeringuilla de farmacia y él se lamía la nariz para quitar lo sobrante manifestándose participe en el proceso de mantenerlo con vida. La imagen de él lamiéndose aquel diminuto hocico me hace saberme egocéntrica por todas las veces que me siento tan indefensa y desesperada cuando hasta el michino salió adelante y encontró un hogar definitivo con unos vecinos del barrio. La plumosa también merece su intento; así lo pidieron aquellos ojos. Picotea y traga sin decir mucho.

Con el estómago menos vacío, algo más activa, intenta agitar las alas, no consigue moverse del sitio, pero insiste en el rito y continúa agitándolas llegando a dejarlas abiertas por un momento sin propósito de despegue. Me recuerda a un pavo real que extiende sus plumas para alardear de su tamaño y colores, o incluso como respuesta a posibles amenazas. Recordar al que me ve débil lo que puedo llegar a ser. Espero que no dude de mi incapacidad de ataque. La saco de la caja para animarla a seguir, esta vez con más espacio, y hoy, por primera vez, la veo erguida, erguida sobre su muñón sin tambalearse y con mirada de ser consciente de su progreso. Nos veo a ambas más optimistas que ayer y le sonrió porque me alegro de que la falta de luz no estuviera siendo una embustera y porque ya no la temo.

Recojo la habitación, desayuno, recojo más de lo habitual porque con invitados hay que cuidar los pequeños detalles, ella desayuna, y ahora que ha amanecido puedo llamar al trabajo para decir que sigo enferma, aunque estoy mejor, les digo mi evolución, no quiero aprovecharme que mi conciencia se ensucia rápido. La plumosa, sus dos dedos y su muñón exploran lo que ayer no pudieron y anda por la habitación. Pica, incluso pica sin miramientos, unos botines negros que encuentra y tienen pegada a la suela una ramita que debí pisar el día que nos conocimos y yo venía de pasear por la naturaleza, que no monte porque este país es tan llano que cómo no olvidar que su punto más alto es una colina de apenas trescientos metros. Y ella pica para decir que ahí es donde quiere estar, de donde venga la ramita.

Me voy a la ducha pensando si debería cubrir el suelo con más periódicos, si debería avisar a algún veterinario, directamente presentarme o la evolución es evidente y tal vez no haga falta; si debería llevarla a un lugar seguro y que la haga feliz como donde paseé y que se alimente de gusanos hasta que se haga fuerte y continúe su camino, ya que el frío está alejándose y podría formar parte de la escena de pájaros que cantan entre tierra y ramas no lejos de la ciudad; iríamos en tren. Pienso y enjabono. Vuelvo a la habitación envuelta en una toalla dispuesta a comentarle las opciones y la ventana está abierta. La plumosa no es un pavo real y no abría las alas por alardes o cortejos; *baina, honela / ez zen gehiago txoria izango*. La busco por si acaso aunque el cuarto no da para grandes exploraciones. En la caja no quedan más que los periódicos revueltos con noticias que no entiendo. Me asomo lenta con miedo a encontrarla estampada en la acera, pero no hay rastro y una enorme presión desaparece de mi pecho. El aire es fresco y decido dejar la ventana abierta un rato más. El resto de la semana puedo hacer más horas si me las piden. Compruebo la balda con la botella; la rosa amarilla ha perdido su primer pétalo.

(41)

RECUERDO mi primer recuerdo del agua que me caía a la coronilla mientras mi madre me lavaba la cabeza. Era principios de invierno de un año nuevo de preescolar en el que descubrí que todas las chicas de clase podíamos funcionar e, incluso, pensar al unísono y luego descubrí que no por gente como Daniela que nunca llevaba bata rosa. Pero a esas alturas comenzaba el invierno, quedaba mucho curso, y aún no sabía siquiera que querríamos ser peluqueras. Los comportamientos colectivos aún estaban comenzando y lo hicieron sin intención como lo hacen siempre en una clase de párvulos, antes de las navidades con un resfriado que compartimos hasta con la profesora y a la vuelta de las vacaciones con piojos con los que se mantenía con algo más de discreción hasta qué adultos habían llegado, porque era una afección que se intentaba no asociar con su mundo. En el de los niños estaba aprobado y consentido.

Pero fue con la primera endemia, la de mocos y gargantas irritadas, que me había convertido en un ser desconectado de su entorno. No me comunicaba por la afonía, que de tanto toser había forzado las cuerdas de mi instrumento pectoral y ya no sonaban; además no filtraba el aire que me rodeaba porque mis fosas nasales parecían selladas y tenía la boca ocupada con esa nueva tarea de aspirar y espirar. Tampoco oía demasiado porque con la congestión la presión de mis oídos había aumentado y parecía todo el día recién bajada de un avión, que iba o volvía; el oído sin distinguir. La vista se mantenía intacta, aunque en ese instante en el que me caía agua en la coronilla, cerraba los ojos para que no me entrase jabón y porque solo así una mente cansada, a tan tierna edad espero que de poco más que del esfuerzo de toser, se despeja. Fue el vapor el que fue abriendo esperanzas y mis orificios bloqueados, devolviéndome sin prisa el uso de mis sentidos. Recuerdo aquella agua que corría y no se escapaba porque había un tapón puesto por alguien que se preocupaba de mantenerme templada. La sensación de libertad de recuperar por unos instantes un instrumento pectoral que no silba sin permiso. El agua que caía sobre mis orejas ayudaba a reducir el taponamiento interno, mientras que las tapaba por fuera y me ayudaba a insonorizarme del mundo y huir por un poquito más con el único sonido del agua correr. La paz de sentirme envuelta, protegida y despejada; y eso que aún no conocía la sensación de flotar, zambullirme o de ser acunada por el mar.

RECUERDO que sería años después, a la edad en la que comienzan a tenerse más dientes definitivos que de leche —semidesnatada con lactosa—, cuando aprendí cuánto me gustaba tanto sumergirme como mantenerme a flote. Fue en un curso de natación donde coincidía con algunas del colegio, solo algunas, ahora que no funcionábamos como un hormiguero de obreras y Daniela se había mudado a algún lugar al que se llega en avión con escala y nos mandó una postal en la decía que allí hacía menos frío y que tenía novia. Le hicimos un dibujo de una playa con palmeras que nunca habíamos visto. En el paquete de la infancia venía incluido el primer verano sin ruedines y con costras en las rodillas y aquel invierno de clases de natación en las que esperábamos pacientes a que saliese el grupo anterior de *aquagym* que siempre esperaba a vernos entrar para comenzar los ejercicios de enfriamiento.

A mí lo que más me gustaba era cuando al final de la clase nos daban tiempo libre y en vez de jugar con los churros de colores yo me quedaba flotando y metía la cabeza hasta que se cubriesen los oídos y me imaginaba en cualquier parte, sin saber aún que lo que me gustaba era sobre todo que mi cuerpo no tuviese que aguantar su propio peso por un rato y pudiese descansar de la fuerza de la gravedad. Aunque esa pasividad y dejarse hacer era lo contrario a nadar y al profesor no le encantaba, así que el resto del tiempo lo dedicábamos a dar brazadas. Me gustaban los nombres, aunque me costase recordarlos. Pecho, mariposa, crol, espalda. Este último de nombre menos poético y tal vez no tan técnico, pero mi preferido.

Un día el profesor me pidió hablar después de clase y me preguntó por mi miedo al agua, el cual yo desconocía. Le intenté explicar vocalizando entre mis dientes definitivos y de leche que a mí me gustaba estar rodeada de agua y sentirla, que no creía tener miedo, sus dientes definitivos vocalizaron que eso no era suficiente y que me preparase para la clase siguiente porque haríamos carreras con los diferentes estilos y aún no parecía que los hubiese interiorizado del todo. Debía escoger con el que más cómoda estuviese. Busto, libélula, trol, espalda. Escogí el último. Al día siguiente todas en fila, preparadas, los gorros prietos y uno solo de silicona al fondo, yo de espaldas y splash, chap, chap, chap. Al tocar la pared levanté la cabeza y vi que había llegado la primera. Porque había podido ir a espalda como cuando me mantenía a flote, pero en movimiento. Y entendí que no, que no le tenía ningún miedo al agua aunque apenas tocase los churros de colores, porque la sentía. Porque era mi manera de comunicarme con ella y sabía nadar cuando debía hacerlo, sobre todo de espaldas, y me gustaba, pero también me gustaba sentir que me mecía y era compatible. El profesor no volvió a llamarme después de clase y aquel día algunas compañeras dejaron los churros de colores para flotar conmigo. Todas ingrávidas y el tiempo parado o, cuando menos, decelerado. O así lo recuerdo, porque yo no soy dueña de contar lo que fue, sino lo que recuerdo.

(42)

Preparo dos número cinco. Este lleva crema untable de calabaza, queso de cabra, piñones y rúcula. El suyo también algo de mostaza, pero eso a petición. He ido memorizando la carta y los cambios en esta no suelen ser grandes; juegos de memoria que me recuerdan cuánto me gustaba hacer los sudokus en el periódico de los domingos de mi padre. También he aprendido a usar esas voluminosas cafeteras que tanto he vigilado siempre curiosa desde el otro lado de la barra. Las de portafiltros con mangos que sobresalen, se abren y cierran, como manivelas de una nave con tantos botones que parece de fantasía. Cafeteras que se comunican con un fuerte ronroneo y hierven la leche emanando un tren de vapor que parte, aunque cuidado con no hervir a nadie que por contrato somos responsables directos. Preparo cada taza como si fuese una pócima nutritiva personalizada a petición y necesidad. Y sobre todo estar cada día tan cerca de ese olor. Tan potente que con adquirirlo por el olfato es suficiente y si lo bebes es para templar las manos que están tranquilas en días como hoy, un día entre semana de lluvias que aumentan y disminuyen sin tregua de pausa, así que te conviertes en tu propio cliente, al que sabes exactamente cómo le gusta su bebida. O que se deja sorprender porque conoce la variedad de opciones. Ya hemos cerrado la caja, todo correcto, y mi compañera me ha pedido algo que la sorprenda, pero no mucho que aún es martes.

Le escandaliza que viva en este país sin haber ido aún a ver los molinos. Me pregunto si sus aspas giran o ya no lo necesitan. Si la semana que viene coincidimos en algún día libre iremos a uno de los pueblos que aún los acogen y son conocidos por ello. No, no iremos a uno de esos pueblos, iremos al Pueblo de los Molinos, los mejores —seguro que sus aspas se dejan contonear por el viento— en algunos se puede entrar y en su favorito se molía tabaco y mostaza, aunque hoy en día se usa para preparar especias. Ella lleva aquí casi cinco años, desde que cogió en Venezuela su primer vuelo, y si lo hizo fue como mínimo para saber qué molinos es imprescindible que vaya a ver, lo antes posible. Lo dice en tono de broma, pero no mucho. Iremos un día que nos acompañen nubes no atormentadas y libres de disgustos. Aunque no sea la semana que viene, cuando se pueda, cuando sea un buen momento; la prisa pulsa el freno y ahora mismo estamos saboreando bollos con un agujero en el centro por el que se asoma exploradora la rúcula. La puerta está abierta para que se seque lo recién fregado y por el porche llega el tac tac tac de las gotas.

(43)

Los claveles eran los que mi abuela le regalaba a mi madre por su cumpleaños, se los regalaba por su cumpleaños desde que mi madre era adolescente y quería que alguien le regalase flores, porque al principio era el único ramo que mi abuela se podía permitir y luego era el que le recordaba a su hija.

Las margaritas eran las que yo le regalaba a mi madre en un ramillete anudado por el tallo de la más larga porque era lo que me gustaba hacer en el recreo. Y mancharme de tierra. Y observar cómo aparecían y desaparecían según el frío, aunque eran silvestres y resistían mucho más de lo que podía parecer.

Las campanillas moradas eran las que Lara y yo pensábamos que hacían de sombrero para duendes y hadas los días lluviosos. O los no lluviosos, porque les hacían ver aún más mágicos y podían callar a los incrédulos que no los querían ver, aunque los incrédulos nunca ven. Y con ellas coronamos los montículos de piedras el día que las esperábamos pacientes entre desenredos.

Los tulipanes son los que más se venden en mi nueva ciudad, porque en mi nueva ciudad se regalan muchas más flores que en *casa* y cuando alguien te invita a su hogar es habitual aparecer con un ramo. También se venden mucho en bulbo para verlas crecer en tu propio jardín y poder mancharte de tierra.

La rosa amarilla es la que encontré sobre el contenedor que mal ocultaba la paloma. La que me dice que los inviernos no son eternos. Flor con la que aún comienza una historia. La puse junto a la ventana dentro de una botella que no quise recordar de qué era. Los pétalos se irguieron con el agua, las horas y la luz de rayos. Luego se secaron y hoy pongo un ramo de rosas amarillas, que no conocen la basura, en un jarrón que compré en el mercadillo de los jueves.

Llamo por teléfono a la recibidora de claveles y margaritas. Me pregunta que cuándo volveré a *casa*. Le digo que dónde es eso. Es broma. Tal vez. No le hace gracia. Lo entiendo. Es primavera y estoy esperando a acumular días libres en la cafetería para poder coger un vuelo. Pasaje de ida con vuelta. Y cuándo será eso. Le prometo que antes de que empiece el otoño. ¿Y volver *volver*? Volver *volver* no vuelvo, al menos no por ahora. No es broma y no le hace gracia, pero creo que en parte lo entiende.

Le pido que me mande una caja con cosas que echo de menos una vez empiezo a querer agregar a mi kit de pertenencias aquellas que van más allá de ser prácticas y respuesta inmediata a la necesidad. No quiero tener todo doble, quiero mis objetos con los que comparto historias y ya nos conocemos. Quiero despedirme de mi *doppelgänger*. Entre otras cosas pido el estuche de acrílicos que me regaló mi tía cuando estaba en la residencia, edificio instrumental, depósito de vivientes. Un estuche de madera barnizada con una paleta a la medida de la tapa que al levantar se revelan las pinturas, pinceles y una esponja.

Por su cumpleaños le quiero hacer llegar un ramo de flores a mi madre. Uno variado de flores que no solo nacen en primavera. Uno que incluya un clavel, una margarita y un tulipán. O podría dárselo yo cuando vaya de visita y reaprender de mi nueva ciudad que no hay que esperar a cumpleaños ni a encontrarlas sobre contenedores.

Elaia decidió que ella misma compraría las flores.

Este libro se terminó de editar en Granada

en octubre de 2025 por

Aliarediciones

www.aliarediciones.es
info@aliarediciones.es